上げる春日の真摯な瞳に、ずっと一緒にいる、という言葉を信じたくなる。
「咲夜からも、誓いして」
　お返しを求められ、躊躇いを残しつつ春日の唇にそろりと口づけた。

もふもふ黒豹男爵の慈愛花嫁

真崎ひかる

22622

角川ルビー文庫

目次

口絵・本文イラスト／明神 翼

《零》

月に数回、母親と共に様々なお屋敷《やしき》へと出向く。そこで見聞きしたものを口外してはならないと、言い聞かされていた。

十二歳の咲夜《さくや》には、自分たちの立場がなんとなくわかっていた。『他《ほか》の人たち』とは、違《ちが》うということも。

それでも、母親が調合する薬はどんな薬師《くすし》のものより効果があり、表向きは尊重されている。

だから、自分がいずれ跡《あと》を継《つ》ぐことにも疑問を持っていなかった。

それは、この世で自分のような存在が生きるための術《すべ》でもある。

「母様。こちらは……」

「とある貴族の、ご側室がお住まいになっているの。だから……」

「わかりました。見ざる聞かざる言わざる、ですね」

咲夜自身も、ご先祖の薬が帝《みかど》の命を救ったという功績から『五條《ごじょう》』の家名と男爵《だんしゃく》の爵位を得ているが、貴族というものはなにかと面倒《めんどう》だ。暗黙《あんもく》の了解《りょうかい》や周知の事実というものが、当然のようにまかり通ってしまう。

不可解な物や状況《じょうきょう》を見聞きしても、なにも見なかった……聞かなかったふりをして、やり過ごす。

時には理不尽《りふじん》としか思えないそんな慣習にも、馴染《なじ》んでしまった。

「奥様の診察《しんさつ》をするあいだ、こちらで控《ひか》えていなさい」

「はい」

母親は、そう言い残して襖《ふすま》の向こうに消えた。襖越《ご》しに、母親と若い女性の声がぽつぽつと漏《も》れ聞こえてくるけれど、細かなやり取りまではわからない。

いつまで待つのだろう。退屈《たいくつ》だ……と溜息《ためいき》をつき、畳《たたみ》の上で足を崩《くず》したと同時に、廊下《ろうか》側の襖がほんの少し開けられた。

「あれ？」

きちんと閉めておいたはずなのに？　と不思議になり、四つん這《ば》いになって移動する。襖の隙間《すきま》を閉めようと手を伸《の》ばし……ビクリと動きを止めた。

人差し指一本分の隙間から、誰《だれ》かの目がこちらを覗《のぞ》いていたのだ。

「こ……子ども？」

ドキドキする心臓を押さえて襖の隙間を広げると、廊下には咲夜と同じように四つん這いになった幼子がいた。

二つ……三つにはなっていないくらいだろうか。目が合った咲夜に、人懐《ひとなつ》っこい笑《え》みを浮《う》かべて小さな手を伸ばしてくる。

反射的にその手を握《にぎ》ると、ますます嬉《うれ》しそうに笑った。

「なにしてんの？　廊下、冷たいだろ」

畳も温かいとは言い難《がた》いが、硬《かた》くて冷たい板張りの廊下よりはマシだろうと室内に招き入れる。

「名前は？　なまえ！」

顔を突《つ》き合わせて尋《たず》ねると、子どもは何度か瞬《まばた》きをして小声で答えた。

「……かすが」

「かすが？　男……だよな」

可愛《かわい》らしい顔をしている上に、着物は赤い花柄《はながら》だ。帯の色は、浅葱《あさぎ》色《いろ》。最初は女の子かとも思ったが、顔立ちは幼いながら意志の強そうな凛々《りり》しさを感じさせるもので、どうも自分と同じ性を持っているように見える。

「俺は、咲夜だ。さくや！」

「さくや？」

咲夜が教えた名前を復唱したかすがは、もう一度「さくや」と口にしてにこにこと笑いかけてきた。たどたどしく呼びかけられたのと同時に、胸の奥に甘く優《やさ》しい、不思議な感情が湧《わ》き起こる。

やっぱり可愛い。男だろうと女だろうと、どちらでもいいか。

「かすがも、暇《ひま》なのか？　遊ぶ？」

「あい！」

咲夜の言葉の意味をどこまで解しているのかは不明だが、嬉しそうに両手を上げたかすがは初対面にもかかわらず咲夜に身を寄せてくる。

しかし困った。

誘《さそ》いかけたのはいいが、普段《ふだん》幼い子どもの相手をすることなどないので、どうやって遊べばいいのかわからない。

「さくや、ミミ」

「珍《めずら》しい？　俺は、混合種なんだ」

かすがに指差された咲夜の耳は、純人《じゅんじん》とは異なる形状だ。

この世界には、三つの種族が共存している。純粋《じゅんすい》な人類である純人、姿形も生態も純粋な獣《けもの》である純獣《じゅんじゅう》、そしてそれらの特性を併《あわ》せ持つ混合種。

混合種は、遥《はる》か昔に様々な獣との混血によって生まれた種族であり、それぞれの獣の特性と外見の一部を受け継いでいる。

知能は純人と同等でありながら身体能力は純人よりも優《すぐ》れており、特性を活《い》かした職に就《つ》いている者も多い。

むぎゅ

かつては、特徴的《とくちょう》な外見と優れた身体能力への恐《おそ》れから迫害《はくがい》の対象になったこともあるが、現在では純人と同等の権利が保証されている。それでも、一部の職に就くことは困難だったり上流階級の子女と混合種が婚姻《こんいん》を結ぶことは忌避《きひ》されたりと、種族差別の名残《なごり》ともいうべきことが暗黙の了解となっている。

咲夜は、その混合種と言われる獣との混血である種族だ。耳は獣の特性を表しており、純人にはない尻尾《しっぽ》も有している。

「尻尾もあるぞ」

母親からは、人の目に触《ふ》れないように……と言い含《ふく》められているけれど、かすがのような幼い子どもならいいだろうと、ズボンの内側に押し込めていた尻尾を出す。

咲夜の尻尾を目にしたかすがは、「きゃっきゃっ」と嬉しそうに笑って尻尾を摑《つか》んできた。

「強く握ったら痛いだろ。そっと、な」

「ん」

咲夜の言葉に小さくうなずき、両手でそろそろと長い尻尾を撫《な》でてくる。

くすぐったいけれど、かすがが気に入ったようなのでいいか。

そうして咲夜は尻尾を揺《ゆ》らし、かすがは一生懸命《いっしょうけんめい》捕《つか》まえようと両手を伸ばし……物音が聞こえたのかもしれない。

母親が入っていった奥の部屋の襖が、スッと開かれた。

「あ……」

咲夜が尻尾を露《あら》わにしていることの言い訳をするより早く、険しい表情の母親が口を開く。

「咲夜？　そちらの子は？」

母親に問われても、咲夜が知っているのは「かすが」という子ども自身が口にした名前だけだ。

答えあぐねていると、

「春日《かすが》！　その子です。……お願いします」

奥の部屋で白い布団《ふとん》に横たわっている女性が、顔だけをこちらに向けてか細い声を上げる。

思わず視線を向けた咲夜の目に映ったのは、目の前にいる子どもとよく似た艶《つや》やかな黒髪《くろかみ》の美しい女性の姿だった。

ただ、顔色は青白く……布団から出した右手の細さは、小枝のようだ。病床《びょうしょう》に臥《ふ》せっているとはいえ、今にも消えてしまいそうな儚《はかな》い空気を纏《まと》っていた。

「ここにいては、その子まで……どうか」

「母様？」

母親は、更《さら》に表情を険しくして咲夜と寄り添《そ》う春日を見下ろしていた。重苦しい空気に不安が込み上げてきて、無意識に春日の手を取る。

鋭《するど》い視線が、自然と繋《つな》がれた自分たちの手に留まり……ふっと息をつくと同時に、表情を和《やわ》らげた。

「請《う》け負いましょう。このような愛らしい幼子をお家事情に巻き込むのは、あまりにも不憫《ふびん》です」

「あ……ありがとうございます。どうか、お願い申し上げます。春日……こちらへ」

女性に呼ばれた春日は、立ち上がって小走りで布団の脇《わき》に駆《か》け寄る。膝《ひざ》をついて座った春日に、女性は優しい声で話しかけた。

「いい子で、元気でいてね。こちらを……大切に持っていなさい。いつか、あなたの役に立つはずだから。……あなたを護《まも》ることができなくて、ごめんなさい」

悲しそうな女性の声に、咲夜は畳に両膝をついて声を上げる。

「お、俺が。俺が、かすがを護ります」

母親が唐突《とうとつ》な発言に驚《おどろ》いた顔をしているのはわかっていたけれど、一度口に出した言葉を撤《てっ》回《かい》する気はない。

春日を、なにかから護らなければならないのなら、自分が……と。瞬間《しゅんかん》的な思いつきだけれど、咲夜は本気で申し出た。

「まぁ……心強いお言葉。では……お坊《ぼっ》ちゃん、春日をよろしくお願いいたします。これで、安心して眠《ねむ》れるわ……」

かすれた声は、語尾《ごび》が頼《たよ》りなく揺らいで聞き取りづらい。

それでも女性の安堵《あんど》は伝わってきて、咄嗟《とっさ》に口にした自分の言葉が間違《まちが》いではなかったのだと表情を引き締《し》める。

「咲夜……あなたは、もう。約束してしまったのだから、きちんとこの子をお護りするのよ。今日から、それがあなたの役目」

「わかりました。かすが……」

咲夜の呼びかけに応じるように、立ち上がった春日が近づいて来て咲夜に抱《だ》きつく。その手に持っているのは……真珠《しんじゅ》の、帯留め？

「春日さん、口を開けて。こちらを」

腰《こし》を屈《かが》めた母親が、懐紙《かいし》に包んでいた小さな黒い球体を春日に差し出す。

「飴《あめ》？　なに？」

警戒心《けいかいしん》が、声と顔に表れていたのかもしれない。なぜなら咲夜は、母親が草花から調合するものは『薬』にも『毒』にもなると、知っている。

チラリと咲夜を見下ろした母親は、微《かす》かな苦笑《くしょう》を滲《にじ》ませて春日の口に含ませた飴の説明をしてくれる。

「ただの眠るお薬だから、大丈夫《だいじょうぶ》よ」

その言葉が終わるかどうかというところで、春日が身体《からだ》の力を抜《ぬ》いた。ぐったりとした春日を抱き上げた母親は、布団に横たわる女性に短く話しかける。

「ご安心ください。うちの息子《むすこ》がお護りします」

それに対する答えはなかったけれど、静かに襖《ふすま》を閉めると咲夜に向き直った。

春日を外套《がいとう》で包《くる》み、隠《かく》すようにして腕《うで》に抱くと廊下《ろうか》に出る。

「これからが、少し大変よ。協力して」

「……もちろん」

大きくうなずいた咲夜は、母親と春日の隣《となり》に立つ。

どんなことがあっても、この子を護ろう。

そう心の中で誓《ちか》い、外套からはみ出した小さな手をギュッと握《にぎ》った。

□□□

山道を歩くこと、三時間近く。小道を上り切った先にある簡素な一軒家《いっけんや》が、ようやく見えてきた。

「咲夜！」

名前を呼ばれたかと思えば、坂の上から少年が駆け下りてくる。小道に張り出した木の根に躓《つまず》いた小さな身体を、どうにか抱き留めた。

「ほら、走ると転ぶぞ」

「……ありがと」

咲夜の腹のところまでしか背《せ》丈《たけ》のない少年が、こちらを見上げて照れくさそうに笑いかけてくる。

「ジジ様とババ様から、咲夜が来るって聞いたから……待ってた」

そう言って笑い、坂の上を指差す。

いつからそこにいたのか、保護者である老夫婦《ふうふ》から咲夜の訪問を聞かされて、山道が見える大きな石に腰かけて待っていたらしい。

「あ、春日。この前、欲しがっていた図《ず》鑑《かん》を持ってきた。あと、べっこう飴」

「本当？　ありがと。読めない字は、咲夜が教えて」

「そんなに嬉《うれ》しいか？　学をつけるのは悪いことではないが……変わった子だ」

自分が春日と同じ年頃《としごろ》の際は、仕方なく勉強をしていた。双六《すごろく》や独楽《こま》よりも図鑑を欲しがって喜ぶ春日は、少し不思議だ。

咲夜の言葉に、春日は少しだけ照れくさそうな微笑《びしょう》を滲ませる。

「学びたいことが、たくさんあるから」

「……そうか。大きくなったな」

「この前咲夜がここに来てから、一月《ひとつき》しか経《た》ってないよ？」

「そうだけど、やっぱり大きくなったぞ」

ポンと頭に手を置くと、「そっかな」と満面の笑《え》みを浮《う》かべる。成長を指摘《してき》されるのが嬉しいのは、咲夜にも覚えがあった。

「僕、咲夜と同じくらい大きくなるかな」

「それは……どうだろう」

無責任に肯定《こうてい》することはできなくて首を捻《ひね》ると、春日は拗《す》ねたように唇《くちびる》を尖《とが》らせて「なれるって言って」と咲夜の手を摑《つか》んできた。

将来的なことはわからないが、大きくなったのは確かだ。

出逢《であ》った頃《ころ》は三つになる手前だった春日は、年が明けてすぐに六つになった。

この三年あまりを山に住む年老いた夫婦のもとで過ごした彼は、自分が大きなお屋敷《やしき》で生まれ育った記憶《きおく》はないようだ。幼くして離別《りべつ》したのだから仕方がないと思うが、実母のことも憶《おぼ》えていないらしい。

春日を保護した後で聞かされた母親の話によると、春日の実母は高貴な血筋の人物の側室らしい。その側室の存在を気に入らない本妻とその周囲が、母子揃《そろ》って亡《な》き者にしようと企《くわだ》て、毒殺を試みた。

倒《たお》れた母は、このままでは春日まで殺されてしまうと危機を感じ、薬師《くすし》として出入りをしていた咲夜の母親に保護を依頼《いらい》した。

面倒《めんどう》ごとに巻き込まれるのを嫌《きら》っていた母が春日の保護を了承《りょうしょう》したのは、咲夜が幼い春日を気に入り、春日も咲夜に懐《なつ》いていたせいらしい。

当初は街の屋敷で三人暮らしをしていたが、春日の存在を嗅《か》ぎ回る本妻側の動きを察して、昔馴染《むかしなじ》みで信頼《しんらい》のできる山の老夫婦に春日を託《たく》した。

春日は自然豊かな土地で老夫婦の愛情を一身に受け、健《すこ》やかに成長している。一月か二月《ふたつき》に一度、咲夜とその母親が訪《おとず》れるのを心待ちにしているようだ。

「今日は咲夜だけ？　奥様は？」

春日は、不思議そうに聞きながら咲夜の背後を覗《のぞ》き込んだ。実母から託された際の記憶はないようだが、優《やさ》しく、時に厳しい咲夜の母親のことを慕《した》っている。

どこか不安な表情なのは、咲夜だけが訪れることは珍《めずら》しくないにもかかわらず、なにかしら違和感《いわかん》を覚えているのかもしれない。

「……俺だけだ。ほら、いつまでここにいる気だ？」

「あっ、ババ様がお汁粉《しるこ》を用意しているんだった！」

春日はハッとした顔でそう言うと、咲夜の手を引き木立の向こうに見え隠れする小さな家へと誘導《ゆうどう》する。

苦笑した咲夜は、「早く」と急《せ》かす春日に手を引かれるまま小道を上った。

□□□

春日と老夫婦が暮らす一軒家の裏手には、更《さら》に山奥へと続く一本道がある。

老夫婦は、人里離《ひとざとはな》れた山深くで、薬草や特殊《とくしゅ》な効果のある草花を栽培《さいばい》しているのだ。この地のみで自生している種もあり、効用を知らない里の人間がそれらを持ち去らないよう監視《かんし》する役目も兼《か》ねている。

咲夜と母親が定期的にここを訪ねるのは、春日の様子見をするのに加えて薬草等を持ち帰るためでもある。

急な坂を上り切り、鮮《あざ》やかな黄色の花畑に座り込む小さな背中を目にした咲夜は、夕焼け色に染まる空を仰《あお》いで大きく息をつく。

薬草地として休ませるのと、土壌《どじょう》の浄化《じょうか》を兼ねた菜の花畑の隅《すみ》に、蹲《うずくま》るようにして座り込む春日の背中を見つけた。

「姿が見えないと思ったら、いつからここにいた？」

「咲夜」

背後から頭に手を置くと、春日は泣きそうな顔で咲夜を振《ふ》り向いた。

口を開くまでもなく、その顔を見ただけで蹲っている理由を察する。

「……俺たちの話を聞いていただろう。悪い子だな」

咲夜は、傍《そば》に春日の姿がないことを確認《かくにん》して老夫婦に話を切り出したのに、こっそりと立ち聞きしていたに違《ちが》いない。

「奥様、いなくなっちゃった？」

「……ああ。心臓を、長く患《わずら》っていたからな」

「すごく効くお薬でも、治せなかった？」

「そうだな。母の薬は優秀《ゆうしゅう》だが、残念ながら不老不死の妙薬《みょうやく》は作れないんだ」

咲夜の言葉に、春日は「そっか」とつぶやいて抱《かか》えた膝《ひざ》に視線を落とした。

人の死というものをどこまで理解しているのかは不明だが、慕っていた咲夜の母親にもう逢《あ》えないということはわかっているのだろう。

「咲夜が、奥様の跡《あと》を継《つ》ぐ？」

「それも聞いていたのか。そうだ。俺しかいないからな」

優《すぐ》れた嗅覚《きゅうかく》と味覚、祖先から伝えられた知識によって、様々な薬草を調合して効能を発揮する。

それは、古《いにしえ》の希少種と呼ばれていた混合種として身を護《まも》る手段でもあり、誇《ほこ》りをもって生きていくために必要だった。

今では幻《まぼろし》となった、ネコ科の大型混合種……『黒豹《くろひょう》族』は、数百年前に不老不死の妙薬の『原料』として異国から連れてこられたと伝え聞いている。

心臓や肝《きも》を乾燥《かんそう》させて煎《せん》じて飲めば、不治の病もたちどころに完治して長寿《ちょうじゅ》を得られると、何の根拠《こんきょ》もなく信じられていたらしい。

理不尽《りふじん》に狩《か》られ、常に命を脅《おびや》かされることに疲弊《ひへい》しきった『黒豹族』の祖先は、最善の自衛手段を思いついた。

病を治す効能のある薬草を探し出し、更に効果を高めるべく様々な組み合わせを模索《もさく》して、薬師としての地位を築いた。数代前には、帝《みかど》と言われる存在の難病を治癒《ちゆ》したことで、五條の家名と貴族の地位を得た。ただ年月の経過により純血種の同族は徐々《じょじょ》に数を減らし、亜種《あしゅ》との混血が進んでいない黒豹族は、咲夜が最後の一人だ。

人々のあいだで『黒豹族』は伝説となり、黒猫《くろねこ》の混合種のふりをして生活をしている咲夜が絶滅《ぜつめつ》したはずの『黒豹族』であることを疑う人はいない。

純人《じゅんじん》とも混合種とも番《つが》うつもりのない咲夜は、子孫を残す気は微塵《みじん》もなく……数十年後には、実際にひっそりと絶滅する種族だ。

「薬師様って、偉《えら》いんだよね」

「……能力がある薬師はな。今の俺は、未熟者だ」

もともと、いずれ咲夜が母親の跡を継ぐということは決まっていた。

ただ、十六という年齢《ねんれい》での引き継ぎは予定外に早い。薬師として独り立ちするには経験が足りないと、誰《だれ》に言われるまでもなく自覚している。

風にそよぐ菜の花畑を眺《なが》めて、密《ひそ》かに溜息《ためいき》をつく。不安を滲《にじ》ませた無様な顔など、春日には見せられない。

背中を向けている春日には、咲夜の表情は見られなかったはずだ。

それなのに……。

「咲夜。淋《さび》しい？」

不意にこちらを振り向いた春日に尋《たず》ねられ、咄嗟《とっさ》に言葉が出なかった。

淋しい？　そんなこと、考える余裕《よゆう》などなかった。

母親の跡を継ぐため、あちこちへ報告を兼ねた挨拶《あいさつ》をしているうちに日々が過ぎた。

屋敷の一室にある作業部屋に籠《こも》り、効能別に調合を記した膨大《ぼうだい》な数の書物や薬草の保存された瓶《びん》を一人で整理して……なんとかなりそうな目途《めど》がついたところで、ようやくここに来られたのだ。

問いかけに答えられない咲夜に、春日は大きな目をしばたたかせて真剣《しんけん》な口調で言葉を続けた。

「あのね、夫婦《ふうふ》になればずっと一緒《いっしょ》にいられるんだよね？　春日が、咲夜をお嫁《よめ》さんにしてあげる。ずっとずっと一緒にいるから、淋しくないよ。たくさん勉強して、咲夜の役に立つ。だから……おとなになるまで、もう少しだけ待っていて」

「春日が？　はは……それは、楽しみだな」

小さな両手で咲夜の右手をギュッと握《にぎ》り締《し》めながら、一生懸命《いっしょうけんめい》に語る春日は可愛《かわい》かった。

残念ながら男同士は夫婦になれない、などと現実を突《つ》きつけるのに躊躇《ためら》うほど……。

春日の手は、初めて逢った時と変わらずあたたかい。不思議なことに、春日のぬくもりを感じて初めて、自分は淋しいのかもしれないと気がつく。

春日が言うように、このぬくもりがずっと傍にいてくれるのなら淋しさなど感じないとも自然に思い、そんな自分に戸惑《とまど》った。

「咲夜」

「うん？」

咲夜が黙《だま》り込んでいるせいか、握った右手を軽く引きながら名前を呼ばれる。内緒話《ないしょばなし》かと、腰《こし》を屈《かが》めた咲夜の唇《くちびる》に、首を伸《の》ばした春日の唇が触《ふ》れた。

「誓《ちか》いの口づけ」

目を見開いた咲夜に、春日は少し照れたような微笑《びしょう》を滲ませて口にした。

どうして、春日がこんなことを？　唇を触れ合わせるという行為《こうい》はもちろん、口づけという言葉さえ教えたことはないはずだ。

「……どこで覚えてきたんだ」

やんわりと触れてきた唇に驚《おどろ》いて、唖然《あぜん》とした心地《ここち》で尋ねる。心臓の鼓動《こどう》を乱す咲夜をよそに、春日は無邪気《むじゃき》に笑った。

「里に遊びに行った時、嫁入《よめい》りのお祭りがあった。お嫁さんとお婿《むこ》さんが、永遠の誓いを交《か》わしてた」

「なるほど」

相槌《あいづち》を打ったのはいいが、まだ呆然《ぼうぜん》としている。

まだまだ小さい子どもだとばかり思っていたのに、咲夜を「淋しい？」と気遣《きづか》い、春日なりに考えた方法で孤独《こどく》を癒《いや》そうとするのか。

真っ直《す》ぐこちらを見上げる春日の真摯《しんし》な瞳《ひとみ》に、ずっと一緒にいる、という言葉を信じたくなる。

「咲夜からも、誓いして」

「ああ……」

お返しを求められ、躊躇いを残しつつ春日の唇にそろりと口づけた。

甘い疼《うず》きと、優《やさ》しいぬくもりが、胸の奥に満ちる。

こんなふうに、甘ったるい気分になったことはこれまでにない。いや……春日と初めて逢った日、嬉《うれ》しそうに笑ってたどたどしく「さくや」と呼びかけられた時も、胸の奥が奇妙《きみょう》に疼いた気がする。

「参ったな」

春日が可愛い。愛《いと》しい。護りたい。

他《ほか》に、どんな言葉でこの感情を表すことができるのだろう。

細く息をついた咲夜は、小さな春日の身体《からだ》を両腕《りょううで》に抱《だ》いて、目の前に広がる菜の花畑に目を細めた。

鮮《あざ》やかな黄色い花と、腕に抱いた春日のぬくもり。

月日が流れて春日が忘れたとしても、咲夜は決して忘れることはないだろう。

《一》

こんもり盛り上がった土を、燃えるように真っ赤な曼殊沙華《まんじゅしゃげ》が囲んでいる。

深紅《しんく》の花は死者へ手向《たむ》けるものではなく、その球根が持つ毒によって獣《けもの》に埋葬《まいそう》地を荒《あ》らされないようにするためだ。

月明かりの下、しゃがみ込んで顔の前で両手を合わせると、祈《いの》る素振《そぶ》りでこっそりと涙《なみだ》を拭《ぬぐ》う。不意に強い風が吹《ふ》き抜《ぬ》け、仄《ほの》かな月明かりでも鮮やかに映《は》える曼殊沙華がそよそよと揺《ゆ》れた。

「夜風が肌寒《はだざむ》いな。……家に戻《もど》ろう」

先に祈りを終えて立ち上がった男の声に、春日はぼんやり顔を上げた。

満月を背にした長身は大半が影《かげ》に覆《おお》われていて、表情を窺《うかが》うことができない。

「……僕、独りぼっちになっちゃった」

祖母を埋葬した真新しい墓所の隣《となり》には、三年前に鬼籍《きせき》へ入った祖父が眠《ねむ》っている。

山奥の一軒家《いっけんや》で春日を育ててくれた祖父母は、どちらも結局両親に関することをなに一つ言い残さずに彼岸へと渡《わた》ってしまった。

十四になったばかりの春日は、今日から独りぼっちだ。

着古した着物の春日とは異なり、見るからに高級そうなきちんとした洋服を身に着けたこの人が、今の自分にとって唯一《ゆいいつ》頼《たよ》れる大人だった。

心に浮《う》かぶままつぶやいた言葉は、ずいぶんと情けない声になってしまった。自覚している以上に、心細くなっているのかもしれない。

ふっと息をついたと同時に、頭上から低い声が降ってきた。

「誰が独りだ？」

どんな顔をしているのかは、見えない。

夜風に乱された髪《かみ》が邪魔《じゃま》をして、自分のものとは異なる形状の耳は目に映すことができないけれど、すらりと長い尻尾《しっぽ》が揺らいでいるのはわかった。

「……春日」

名前を呼びかけられたと同時に、大きな手のひらが差し出される。

子どもの頃《ころ》から大好きな、あたたかい手だ。

「っ……咲夜ぁ」

恐《おそ》る恐る伸ばした指先が大きな手のひらに触れたと同時に、ギリギリのところで持ちこたえていた涙が決壊《けっかい》した。

目尻《めじり》から零《こぼ》れる涙の雫《しずく》を隠《かく》す余裕《よゆう》もなく大きな手にギュッと摑《つか》まると、力強く握り返されて引っ張り上げられる。

両手を伸ばして長身の首に回し、無我夢中で抱きついた。

「街の屋敷《やしき》に来い。おまえ一人くらい、食わせるのに難はない」

「ん、う……ん、僕……咲夜のためっ、に……」

咲夜の役に立ちたい。いつか、咲夜のために働きたい。

ひくひくとしゃくりあげるせいで、そんな思いを伝えることができない自分がもどかしくて歯がゆい。

「俺も独りだ。気に病《や》むことはない」

春日の背中を抱き返してくれた咲夜が、ぽつりと口にする。

春日は、咲夜の着ているシャツの背中を握り締めて首を左右に振《ふ》った。

「違《ちが》、う。咲夜、独りじゃ……ない。僕っ、が、いる」

「ああ……そうだったな」

静かに言い返してきながら、ポンポンと幼い子どもを宥《なだ》めるかのように軽く背中を叩《たた》かれて、子ども扱《あつか》いだ……と唇を噛《か》む。

でも、こんなふうに泣きながらグズグズ洟《はな》を啜《すす》っていては、子ども扱いされても仕方がないか。

子どもであることを免罪符《めんざいふ》にできるなら、今だけ甘えたことを言っても許されるだろうか。

「咲夜。……一緒《いっしょ》にいて」

独りは嫌《いや》だよと、広い背中にしがみついて訴《うった》える。

春日の懇願《こんがん》を、咲夜は穏《おだ》やかな声で受け止めてくれた。

「いてやるさ。おまえに必要な限り」

じゃあ、ずっと……一生、二人でいることになる。

春日は咲夜のことが必要だし、咲夜にも必要とされたい。

そう返したかったけれど、今の自分が口にしても格好がつかないことくらいはわかっているから、言葉を呑《の》み込んだ。

いつか、咲夜の役に立つことができる日が来れば。

隣に並んでも、恥《は》ずかしくないくらい大人になれば。

きちんと伝えよう。

二人でいることが幸せだと思ってもらえるように頑張《がんば》るから、ずっと一緒にいてください……と。

「忘れ物はないか？　衣食住に関してはすべて俺が用意するから、心配しなくていいが……荷物は、それだけなのか」

「これで十分」

咲夜は、春日が膝《ひざ》に置いた風呂敷包《ふろしきづつ》みを横目で見遣《みや》って不思議そうに尋《たず》ねてくる。

家を出る際も、身の回りのものを纏《まと》めろと言われた春日が手に持った風呂敷に不思議そうな顔をしていたが、改めて尋ねてくるということはそんなにおかしいのだろうか。

「まぁ、あの家はそのままにしておくから、なにもかも持ち出す必要はないが。それに、薬草を採りに行ったりすることもあるだろう。これまでと同じように、月に一度は訪ねる予定だ」

「僕も、一緒に行っていい？」

「もちろん」

咲夜の即答《そくとう》にホッとして、頬《ほお》を緩《ゆる》めた。

古びた山奥の一軒家は、雨が降ればあちこちから雨漏《あまも》りをするし冬は隙間風《すきまかぜ》が吹き込んで寒い。でも、祖父母と暮らした思い出がたっぷり詰《つ》まった家だ。

そのままにしておく、これからも定期的に訪ねる、という咲夜の言葉は嬉しかった。

「大事な物は、きちんと持ち出しているんだろうな」

「……うん」

咲夜の言う『大事な物』は、祖父母からも「誰《だれ》にも見せるな。絶対に手放してはいけない」と言い含《ふく》められてきた白い玉飾《たまかざ》りのついた帯留めだ。

どんな謂《いわ》れがあり、男の自分にとってなんの意味があるのかはわからない。でも、祖父母も咲夜も、数年前に亡《な》くなった咲夜の母までが「大切にしなさい」と言うのだから、春日は自分の出生に少なからず関係したものではないかと推測している。

「馬車に酔《よ》っていないか？」

「大丈夫《だいじょうぶ》」

慣れない乗り物に春日が気持ち悪くなっていないか、気遣《きづか》ってくれる咲夜に、小さく笑って返事をする。

山から下りるのは、半年振《ぶ》りだ。

一年のほとんどを山奥の家で過ごしていた春日だが、季節の変わり目などには必要な生活用品の買い出しに出向く。それとは別に、咲夜に連れられて街中を見物することもあった。ただ、数時間から半日程度の滞在《たいざい》では見て回ることのできる範囲《はんい》は限られている。馬車に揺られ、これほど遠出をしたのは初めてだった。

「どこまで行くの？」

小さな窓から外を覗《のぞ》いて、いつの間にかすっかり変わっていた風景に驚《おどろ》く。

田畑がない。川もないし、山も見えない。

ずらりと並ぶ民家は、木造や土壁《つちかべ》ではなく……瓦《かわら》屋根の立派なものばかりだし、本でしか見たことのない西洋の建物みたいなものまである。

隣に座っている咲夜に尋ねると、「落ち着いて座っていなさい」と横目で睨《にら》まれたけれど、淡々《たんたん》と答えてくれる。

「俺の屋敷だと言っただろう。三つくらいだったか……幼い頃に、わずかな期間だがおまえも住んでいたことがある」

「どうして？」

その春日の質問には、答えがない。

聞こえていなかったわけではないはずだが、腕《うで》を組んで目を閉じているので答える気はないということだろう。

布張りの椅子《いす》に深く腰《こし》を掛《か》けた春日は、咲夜の横顔をチラチラと窺《うかが》い見る。

十四になったばかりの春日より十も年上の咲夜は大人で、きちんとした洋装もすごく似合っていて格好いい。

ネコ科の混合種だという咲夜には、自分にはない黒い毛に覆《おお》われた丸い耳と、艶《つや》やかな毛に包まれたしなやかな尻尾がある。

どちらも綺麗《きれい》で格好よくて、子どもの頃から大好きなものだ。

四つか、五つくらいの頃だったか、どうして自分には咲夜のような獣《けもの》の耳と尻尾がないのだ……どうすれば生えてくるのだと駄々《だだ》を捏《こ》ねて、祖父母を困らせたものだった。

「屋敷に着いたら、まずは着替《きが》えと食事だな。手伝いの者に紹介《しょうかい》しよう。部屋はいくらでも空いているから、好きなところを使えばいい。あとは……読み書きはある程度できるんだったな。

家庭教師をつけるから、年相応の知識を習得しろ。しばらく人前に出すつもりはないが……社交の場での立ち居《い》振《ふ》る舞《ま》いも、学ばせるべきか」

最後のほうは、春日に言い聞かせるというよりも独り言の響《ひび》きだ。

勉強は嫌《きら》いではない。山でも、咲夜に頼《たの》んで持ってきてもらった本を暗記するまで読んでいたし、たまに訪《おとず》れる咲夜にいろいろ教えてもらった。薬草の栽培《さいばい》や、より薬効を高める配合についての知識はそこそこ祖父母から得ているつもりだ。

春日は、咲夜の役に立つことができればそれだけでいい。

「社交？　僕は、咲夜とだけいられればいい」

「……というわけには、いかなくなる。いずれは、俺の補佐《ほさ》をしたいと言っていたな？　俺についてあちらこちらの屋敷を出入りしていれば、夜会の場に招待されることもあるだろう。行《ぎょう》儀《ぎ》が悪くて恥《はじ》をかくのは、おまえだ」

「……咲夜も恥ずかしい？　行儀よくしたほうが、咲夜のためになる？」

「当然だ」

「じゃあ、学びます。咲夜の役に立ちたい」

咲夜と一緒にいるために、という自分勝手な望みは続けられなくて、言葉を呑み込んだ。我欲《がよく》を隠し「咲夜のため」だと掲《かか》げる自分は、卑怯《ひきょう》だと思う。

でも、そうでもしなければ、咲夜の傍《そば》にいられないかもしれない。咲夜と共にいるためには、お荷物になる『子ども』では駄目《だめ》なのだ。

「少し休みなさい。屋敷に到着《とうちゃく》するのは夜になる。ずっとキョロキョロしていたのでは、疲《つか》れるぞ」

「はい」

ポンと頭の上に手を置かれて、無意識に力の入っていた肩《かた》から緊張《きんちょう》を解いた。

咲夜の住む街の屋敷は、どんなところなのだろう。今の春日には想像もつかないけれど、山での生活とはなにもかも違《ちが》うことだけは確かだ。

大丈夫。咲夜と一緒なら、どんなところでも怖《こわ》くないし、春日にとってはそこが安息の地となる。

独りではないと言ってくれた、咲夜さえ傍にいてくれれば……。

ガタガタと揺《ゆ》られているうちに、瞼《まぶた》が重くなってきた。グラグラと頭が揺れて、右側に座っている咲夜の肩にこつんと頭をぶつけてしまう。

「ご、めんなさい」

「いい。眠《ねむ》ってろ」

慌《あわ》てて離《はな》れようとした春日の頭を、咲夜がグイッと自分に引き寄せてくれる。

咲夜に身体《からだ》を預ける体勢は、ただひたすら心地《ここち》よくて……勿体《もったい》ないから起きていようと思うのに、瞼を開いていられなくなってしまった。

「ふ……まだ子どもだな」

笑《え》みを含んだ咲夜の声は優《やさ》しかったけれど、子ども扱《あつか》いは嬉《うれ》しくない。

でも、瞼だけでなく舌も重くて、反論することができない……。

咲夜に上半身をもたせ掛けた春日は、「子どもじゃないよ」と心の中で呟《つぶや》いて、安穏《あんのん》とした微睡《まどろ》みに漂《ただよ》った。

□□□

街のお屋敷は、春日の予想を遥《はる》かに凌《しの》ぐ立派な洋館だった。

時々お使いに行く山裾《やますそ》の街にも洋風の建造物はいくつかあったけれど、それらとは門構えからして全然違う。

「さ、咲夜。こんなお屋敷に、僕が住んでもいいの？　く、靴《くつ》はここで脱《ぬ》ぐのでいい？」

山の家の土間とは比べ物にならない広さの玄関《げんかん》は、つるつるとした石だ。綺麗に磨《みが》かれた板の廊下《ろうか》に上がるには、上履《うわば》きらしきものが置いてあるのだから……あれに履き替《か》えるのだろうか。

恐《おそ》る恐る咲夜を見上げて尋《たず》ねると、不思議そうに言葉が返ってくる。

「なにを恐縮《きょうしゅく》している。幼い頃《ころ》は、靴のまま廊下を走り回っていたぞ」

「ひぇっ、と、とんでもないことを……」

記《き》憶《おく》にないほど幼い頃とはいえ、こんなに綺麗な廊下を下足のまま走っただなんて……と己《おのれ》の失態に首を竦《すく》めた。

落ち着きなくキョロキョロしていると、廊下の奥から女性の声が聞こえてくる。

「お帰りなさいませ、咲夜様」

声をかけられるまで気配を感じなかった春日は、静かに歩み出てきた女性の姿に、ビクッと身体を震《ふる》わせた。

丈《たけ》の長い、ふわりとした深い紺色《こんいろ》の洋装に白いエプロンを身に着けた女性は、咲夜と春日に丁寧《ていねい》に頭を下げた。

「ああ……話していた、春日だ。春日、彼女は家事手伝いの珠子《たまこ》。おまえが幼い頃に、世話をしてもらったこともある」

微笑《ほほえ》んで春日を見ている女性の年齢《ねんれい》は、春日の記憶に残る咲夜の母親より一回りくらい年上だろう。

このお屋敷のことも、女性のことも、全然思い出せなくて情けない。

「あ、あの……春日です。僕は憶《おぼ》えていないのですが、その節はありがとうございました。よろしくお願いします」

憶えはなくても挨拶《あいさつ》だけはしなければと、ペコリと頭を下げた春日に、珠子と紹介された女性は「あらまぁ」と口元に手を添《そ》えた。

「ずいぶんと大きくなられて。それに、お行儀のいいこと。春日様、こちらこそよろしくお願いいたします。なんでもおっしゃってくださいね」

「はっ、はい。ありがとうございます」

風呂敷包《ふろしきづつ》みを胸元《むなもと》に抱《かか》えて、もう一度頭を下げる。

ご主人である咲夜はともかく、自分にまで『様』だなんてつけなくていいと、いつ伝えればいいだろう。

春日が、「あの」と言い出そうとしたタイミングで珠子が咲夜に話しかけたから、言葉を呑《の》み込んでしまう。

「夜更《よふ》けですので、軽くスープとパンを用意していますが、お召《め》し上がりになりますか？　そのあいだに、浴室の準備を整えておきます。春日様のお部屋は、どういたしましょう」

「ああ。いただこう。春日、今夜は……」

チラリと見下ろされた春日は、そっと手を伸《の》ばして咲夜の着ている洋服の袖口《そでぐち》を指先で摘《つ》まんだ。

「あの、咲夜と一緒《いっしょ》じゃダメ？　今日だけ」

また、子どもだと笑われてしまうかもしれない。

でも今日は、咲夜と離れたくなかった。ただ、どうして？　と聞かれても、きちんとした理由は説明できそうにない。

「……ということだから、今夜は俺の寝室《しんしつ》で休ませる。明日、好きな部屋を選ばせよう」

咲夜は、表情には滲《にじ》み出ているかもしれないけれどうまく言葉にはできなかった春日の不安や淋《さび》しさを、的確に読み取ってくれたようだ。

疎《うと》ましがる様子もなく、すんなりと受け止めてくれてホッとする。

「承知いたしました。では、すぐにご用意いたしますね」

珠子も表情を変えることなくうなずき、軽く目礼を残して踵《きびす》を返した。

咲夜は、春日の背中に軽く手を当てて顔を覗《のぞ》き込んでくる。

「いつまで、玄関に立っているつもりだ？」

「あっ、お邪魔《じゃま》します」

ピクッと肩を震わせて咲夜を見上げると、春日を見下ろしている咲夜が端整《たんせい》な顔を微《かす》かに曇《くも》らせた。

なにか、気に障《さわ》ることを言ってしまったかと目をしばたたかせる春日に、表情を変化させた理由をつぶやく。

「お邪魔します、ではないだろ。今日から、ここがおまえの家だ」

「……ん」

今日から、ここがおまえの家だ。

咲夜の言葉は、ぽつんと春日の胸に落ちて……じわりと広がった。嬉しい。それなのに、何《な》故《ぜ》か苦しくて……泣きたいような、奇妙《きみょう》な心地になる。

また足を止めた春日を、咲夜が促《うなが》した。

「ほら、そこの上履きに履き替えろ。軽食を取って風呂《ふろ》に入って、早く寝《ね》たほうがいい。明日は朝から忙《いそが》しいぞ」

「うん。はい！」

目の前が滲みそうになり、潤《うる》む目を隠《かく》すために大きくうなずいた春日は、咲夜が指差した上履きに履き替えて廊下に上がった。

天井《てんじょう》にあるキラキラとした明かりは、油を差して使う灯明ではないようだ。どうやって、あんなに明るい光を放っているのか不思議だった。

咲夜が使い方を教えてくれた風呂も山の家にあった風呂釜《ふろがま》とは違うし、寝室には布団《ふとん》ではなく、大きな卓《たく》のような寝台が置いてあった。

春日も幼い頃、少しのあいだとはいえここで暮らしていたと聞いたけれど、記憶にないのだから目に映るものすべてが物珍《ものめずら》しい。

「お布団、ふかふかだね」

咲夜と並んで寝台に上がった春日は、敷《し》き布団も掛《か》け布団も慣れ親しんだ布団とは違《ちが》う……と手のひらで軽く叩《たた》いてみる。

「西洋の布団だ。寝台から落ちないように、もっとこっちに寄れ」

「うん」

畳《たたみ》に敷いた布団とは違って、はみ出したら床《ゆか》に落ちるだろう。寝相は悪くないはずだが、春日の膝《ひざ》より高いところから落ちたら痛そうで怖《こわ》い。

掛け布団に潜《もぐ》り込んだ春日は、咲夜に腕《うで》を引かれるまま身を寄り添わせた。

「ランプを消すぞ。真っ暗になるからな」

そう予告した咲夜が、寝台の脇《わき》に置いてあったランプを消すと、目の前が真っ暗になる。でも、すぐ傍《そば》に咲夜の存在を感じられるから、暗くても平気だ。

ごそごそと手足を縮めた春日は、母猫《ははねこ》にぬくもりを求める仔猫《こねこ》のように咲夜へと身を寄せる。

「……山とは違うだろう。不安か？」

ぽつりと尋ねられて、首を横に振《ふ》った。直後、この暗がりでは咲夜に見えなかっただろうと気がついて口を開く。

「大丈夫《だいじょうぶ》。知らないものがいっぱいで、わくわくする」

「それならいいが……」

慣れ親しんだ山の家とは、なにもかも違う。でも、不安はない。

だって、咲夜が一緒なのだから……。

未知の世界でも、一筋の光もない暗闇《くらやみ》だとしても、傍に咲夜がいるだけで春日は無敵になれるのだ。

《二》

「僕、先に行って珠子さんに見せるね」

咲夜が運転する自動車の助手席から降りた春日は、小走りで車寄せを駆《か》け抜《ぬ》けて玄関扉《げんかんとびら》を開けた。

庭の小道を近づいてくるエンジン音が聞こえていたのか、廊下《ろうか》の奥からエプロンを身に着けた珠子が歩いてくる。

「珠子さん、ただいま戻《もど》りました。ふきのとうと、つくしと……菜の花を摘んできた。あと、これ……珠子さんにお土産《みやげ》」

腕に抱えていた風呂敷包みを珠子に手渡《てわた》して、その上にムスカリの花束を置く。

すべて今日のお昼に山で摘んだばかりの、新鮮《しんせん》なものだ。

「あら、ありがとうございます。紫色《むらさきいろ》の、綺麗《きれい》なお花。つくしと菜の花は、お浸《ひた》しにしましょう。ふきのとうは、油で揚《あ》げたものがよろしいでしょうか」

「菜の花のお浸し、大好き。ご馳走《ちそう》だな」

早速《さっそく》、夕食のおかずにするという珠子に笑ってうなずく。菜の花やつくしが採れる早春は、祖母もよくお浸しや炒《いた》め物にしてくれた。食べ切れないものはつくだ煮《に》か漬物《つけもの》に加工して、山を下りる際に持たせてくれるお握《にぎ》りの具になっていた。

懐《なつ》かしい祖母の手料理と同じものではないけれど、珠子の用意してくれる食事も春日は大好物だ。

「美味《おい》しそうな山の恵《めぐ》みだ。僕も、お相伴《しょうばん》に与《あずか》ってもいいかな」

「え……？」

背後から低い声が聞こえてきたのと同時に、肩《かた》に手を置かれる。その手の大きさは大人の男性のものだが、咲夜ではない？　と不思議になって振り向いた。

「あ、真田《さなだ》様」

春日の目に映ったのは、春日より頭一つ分上背のある咲夜と同じくらい長身の紳士《しんし》だった。

名は、真田昊雅《そらまさ》。歳《とし》は、二十七歳の咲夜より二つ上のはずだ。

あまり表情が変わらず、硬質《こうしつ》な空気を纏《まと》う咲夜とは対照的な、やわらかな雰囲気《ふんいき》を持っている人懐《ひとなつ》っこい男性だ。

春日が咲夜のお屋敷《やしき》で暮らすようになって三年近く経《た》つけれど、警戒心《けいかいしん》が強く、他人と深く付き合うことの少ない咲夜の友人と言える存在は、彼しか知らない。混合種の咲夜とは違い、春日と同じ純人《じゅんじん》だ。

「昼前に訪ねたら、残念ながら外出中だ。夕刻には帰宅すると珠子さんに聞いていたから、改めて訪問したけど……正解だったな」

ね？　と顔を覗《のぞ》き込まれた春日は、釣《つ》られて「ですね」と笑い返す。

「春日くん、しばらく逢《あ》わないあいだにますます美人になったなぁ。背も伸《の》びたし……いくつだっけ？」

ふと真顔になった真田が、春日の前髪《まえがみ》を軽く払《はら》いながら尋《たず》ねてきた。

因《ちな》みに、真田の言う「可愛《かわい》い」とか「美人」は挨拶《あいさつ》の一種だと知っているので、真に受けるものではない。

彼が、通りがかりの猫にまで、「やぁ。今日はいい天気だね、美人さん」と話しかけていることを知っている。

「月が替《か》われば、十七になります」

「馴《な》れ馴れしく触《さわ》るな。油断も隙《すき》もない。……約束はしていないはずだが、何故おまえがここにいる」

春日が答えたと同時に、肩に置かれていた真田の手の重みがなくなった。割って入ってきた淡々《たんたん》とした声は、咲夜のものだ。右手で真田の手を掴《つか》み、春日の肩から外させてシッシッと払っている。

「おっと、ナイトの登場だ。おまえが春日くんになかなか逢わせてくれないから、こうして奇《き》襲《しゅう》をかけることになるんだろ」

「害虫を寄せつけないのは、保護者の役目だ」

「ははっ、酷《ひど》いなぁ。害虫呼ばわり」

目を細めて真田に言い返した咲夜に、当の真田は朗《ほが》らかに笑っている。

ピリピリとした空気を感じていないわけはないのだが、咲夜が無愛想《ぶあいそう》なのには慣れているせいか緊張感《きんちょうかん》は皆無《かいむ》だ。

「しかし、保護者ね。……おまえ、密《ひそ》かに『光《ひか》る君《きみ》』ってあだ名で呼ばれているのを知ってるか？　もちろん、春日くんは『若紫《わかむらさき》』だ」

「……ふざけるな。養い子に、堪《こら》え性《しょう》なく不埒《ふらち》な行いに出て毛《け》嫌《ぎら》いされる、無様な男の名前じゃないか」

咲夜が、ものすごく嫌《いや》そうな口調で言い返したということは、『光る君』という人物はいい人ではないのかもしれない。

咲夜の顔を見てそう判断した春日は、真田のほうへと視線を移す。そちらは……仏頂面《ぶっちょうづら》の咲夜とは正反対の、楽しそうな表情だ。

「まぁ、主に、袖《そで》にされた女たちが悔《くや》し紛《まぎ》れの当てつけでそう言ってるんだが。こうして見ると、的を射ているかもしれないなぁ。可愛い子どもだと思っていたが、ここしばらくでグッと大人びて綺麗になった。そろそろ食べ頃《ごろ》……」

「不埒な目で春日を見るな。汚《けが》れる」

「あはは、今度は害虫以下の汚物扱《おぶつあつか》いか」

珍《めずら》しく、苦虫を噛《か》み潰《つぶ》したような顔をした咲夜に反して、真田はとことん愉快《ゆかい》そうだ。ひとしきり笑い、傍観《ぼうかん》している春日を見下ろしてきた。

「あれ、もしかして春日くんは『源氏物語』を知らない？」

「読みたいと思ったけど、咲夜が、その必要はない……って」

　チラリと咲夜を横目で見遣《みや》り、唇《くちびる》を尖《とが》らせる。一度も読んだことはないが、『源氏物語』という本があることは知っていた。

　春日が興味を示したり欲しがったりした書物を大抵《たいてい》は買ってくれるのだが、時々「おまえにはまだ早い」とか「やめておけ」と、制されるものがある。真田が口にした『源氏物語』も、咲夜に許可をもらえていないものの一つだ。

「過保護だねぇ。極力人目に触《ふ》れさせず、大切に囲い込んで純粋培養《じゅんすいばいよう》を目論《もくろ》むから、ますます面白《おもしろ》おかしく噂《うわさ》されるんでしょうに。と、いうわけで夜会の招待状だ。是非《ぜひ》とも、春日くんを同伴《どうはん》してどうぞ」

　どうやら、訪問の目的は夜会の招待状を手渡すことだったらしい。

　上着の懐《ふところ》から取り出した白い封筒《ふうとう》を咲夜に差し出した……けれど、咲夜は視線を逸《そ》らして見向きもしない。

　無視する咲夜に小さく溜息《ためいき》をついた真田は、「はい」と笑いながら春日の目の前に封筒の行方《ゆくえ》を移す。

反射的に受け取ってしまい、咲夜に「春日」と低い声で咎《とが》められた。が、両手を素早《すばや》くポケットに隠《かく》した真田に突《つ》っ返すことはできないし、投げ捨てることもできるわけがない。

どうしたものか春日が困っていると、真田が言葉を続ける。

「春日くん、間もなく十七になるらしいじゃないか。もう子どもじゃない。そろそろ、社交界にお披露目《ひろめ》してもいい頃合《ころあ》いだろ。おまえのことだから、最低限の礼儀《れいぎ》は教えてあるはずだ。それとも春日くんは、人前に出すことも憚《はばか》られる疚《やま》しい存在か？」

きっと意図して意味深な言い回しをする真田に、咲夜は眉《まゆ》を顰《ひそ》めた。険しい表情で真田を睨《にら》みながら、真田の目から春日を庇《かば》うように半歩足を出す。

「妙《みょう》な言い方をするな。無神経な男だ。おまえに言われなくても、春日のことはきちんと考えている」

ピリピリとした声に連動するかのように、咲夜の背後で、黒くて長い尻尾《しっぽ》もゆらゆら左右に振《ふ》られていて……こうして、混合種の特徴《とくちょう》である尻尾や獣《けもの》の耳を隠すことなく晒《さら》す相手も、珠子や春日以外では真田だけだ。

言葉には刺《とげ》があっても、親しい関係性であることは間違《まちが》いない。

「……じゃあ、週末の夜を楽しみにしてるよ。またね、春日くん」

苛立《いらだ》ちを表して毛を逆立たせている咲夜は、自分たち純人とは違い、獣の持つ野性味を感じさせる。それに加えて端整《たんせい》な容姿をしているだけに、咲夜が鋭《するど》い目で睨みつけると足が竦《すく》みそうになるほどの迫力《はくりょく》があるのだ。

けれど、慣れている真田にはまったく怯《ひる》む様子はなく、笑《え》みを浮《う》かべたままひらりと手を振って踵《きびす》を返した。

「あ……招待状」

春日が白い招待状を手にしたままだと気づいた時には、立ち去った真田の気配すら残っていなかった。

「はぁ……笑顔でのらりくらりと人を煙《けむ》に巻くのは、あいつの特技だな」

忌《い》ま忌ましげに息をついた咲夜が、春日の手から白い封筒を抜《ぬ》き取る。

どうするのかと思えば、無造作に上着のポケットに突っ込み、気配を殺して廊下《ろうか》の隅《すみ》に控《ひか》えていた珠子に視線を向けた。

「騒《さわ》がしくて、すまん」

「いえ。真田様は、お夕飯をご一緒《いっしょ》に……と仰《おっしゃ》っていましたが、お二人分でよろしいのでしょうか」

「ああ、あいつの軽口は無視していい。あ……春日が珠子にも食べさせたいと言っていたから、一人分は取っておくように」

春日がふきのとうを摘《つ》まみながら何気なく口にした言葉を、きちんと耳に入れて憶《おぼ》えてくれていたようだ。

咲夜の言葉に、珠子は「まぁ、嬉《うれ》しいですわ。いただきます」と微笑《びしょう》を滲《にじ》ませて、手にした風呂敷包《ふろしきづつ》みへと視線を落とす。

「土いじりをしたせいで、汚れた。夕食の前に風呂だな」

「ご用意できています」

咲夜と春日の帰宅時間に合わせて、すぐに入浴できるよう湯を沸《わ》かしてくれていたらしい。さすが、長年勤めているだけあって気が利《き》く。

「春日、先に風呂を使え」

ふと足を止めて春日を見下ろしてきた咲夜に、反射的に「ダメ」と答えた。

「咲夜の後でいいよっ。あ、ほら……採取してきた薬草の仕分けもしておくし、咲夜が先にどうぞ」

この屋敷の主人である咲夜より先に、風呂を使えるわけがない。ぶんぶんと頭を左右に振った春日は、咲夜が手に持っている紙包みを指差す。

遺《のこ》してある山の家を二人で訪ねたのは、春の山菜摘みが目的ではない。薬師《くすし》である咲夜の仕事に不可欠な、薬草や特殊《とくしゅ》な木の根を採取するためだ。種類によっては、すぐに茎《くき》と根を切り離《はな》したり水に活《い》けたりする必要がある。

まだ咲夜の助手を名乗るには力が及《およ》ばない春日だが、それくらいの手助けはできる。薬草に関する知識は生前の祖父母からもしっかり叩《たた》き込まれているので、咲夜も信頼《しんらい》してくれているはずだ。

わずかに思案の表情を浮かべた咲夜は、「任せて」と視線に込めて見上げる春日と目を合わせて、紙包みを手《て》渡《わた》してきた。

「じゃあ、頼《たの》むとするか」

「はい！」

こうして、春日にも役目をくれることが嬉しい。

まだまだ学ばなければならないことは無数にあるけれど、咲夜の一番近くで仕事を目にしてきたのだから、そろそろ本格的に手伝いをさせてもらえないかと頼むつもりだ。

真田も、もうすぐ十七歳なら子どもではないと言っていた。

十四で咲夜に引き取られた時から、少しでも早く大人になりたいと望んできた。

その願いがようやく叶《かな》いかけ……咲夜の庇護《ひご》下に置かれるばかりの『子ども』から抜け出せる日が近いのなら、なによりの喜びだ。

□□□

仕立ての時にも戸惑《とまど》ったが、やはり慣れない服を着込むのには時間がかかってしまう。たくさんある小さいボタンを全部留めるのは大変だし、これは……春日には無理だ。

「春日、用意はできたか？」

名前を呼びながら春日の部屋に入ってきた咲夜を振り向き、「助けて」と零《こぼ》した春日は情けない顔をしているに違いない。

「なにが……ああ、俺が結ぼう」

春日が手に持ったタイを目にしただけで、「助けて」の意味を察してくれたようだ。春日の手からするりと黒いタイを抜き取り、正面に立つ。襟首《えりくび》に回すと、シュルシュルと布の触れ合う音だけが聞こえてきた。

「少し上を向け。春日は、こちらの結び方のほうがいいな。……どうだ」

姿見の前へと誘導《ゆうどう》されて、そこに映る自分を目にする。薄《うす》い灰色の上着に、白いシャツ。その襟元で結ばれた黒いタイは……ひらひらとした蝶々《ちょうちょう》の形だった。

咲夜は光沢《こうたく》のある黒い洋服に、深い紺色《こんいろ》のタイを春日とは異なる結び方をしていて、どこからどう見ても大人の紳士《しんし》然としているのに、春日はなんとなく幼い雰囲気《ふんいき》だ。

でも、咲夜の真似《まね》をしても似合わないだろうと想像がつくので、不満を口にすることはできない。

「言いたいことがありそうな顔だな」

言葉にはできなかったけれど、表情には滲み出ていたようだ。姿見越《ご》しに春日と視線を合わせた咲夜が、ほんの少し唇《くちびる》の端《はし》を吊《つ》り上げる。

「咲夜は格好いいのに、僕はなんだか……思ってたのと違う」

「似合うぞ。それでいいだろ」

ぽつぽつと口にした春日に笑みを深くした咲夜は、ポンと頭に手を乗せて身体《からだ》の向きを変えた。

自分が、「違う」などと不貞腐《ふてくさ》れたことを言ってしまったせいで咲夜の機嫌《きげん》を損《そこ》ねてしまったのかと、慌《あわ》てて広い背中に声をかける。

「あの、ごめんなさい。せっかく仕立ててくれたのに、不満を言って。でも、咲夜みたいになりたい」

春日の理想は、物心ついた頃《ころ》からずっと咲夜なのだ。いつか、咲夜のようになりたいと思っていた。

大きくなっても耳の形は変わらないし、黒くて長い艶々《つやつや》とした尻尾も生えてこなかったけれど……。

戸口のところで振り向いた咲夜は、表情を変えることなく静かに返してきた。

「俺みたいになる必要はない。春日は春日でいい。靴《くつ》を合わせるぞ。二種類用意してあるが、どちらが足に馴染《なじ》むか履《は》き比べて選べ」

「……うん」

春日は春日でいい。

そう言ってくれたことが嬉しくて、大きくうなずいて咲夜の後を追いかける。

春日が大好きな、艶々の被毛《ひもう》に覆《おお》われた長い尻尾《しっぽ》は、今は上着の内側に隠《かく》されていて見ることができないのが残念だ。

長い付き合いの咲夜は何度も訪《おとず》れているはずだが、春日は真田のお屋敷に初めて訪問した。

華《はな》やかな建物の多い地区でも一際《ひときわ》目立つ、五條のお屋敷と似た雰囲気の洋館だ。

天井《てんじょう》の高い大広間では、華やかに正装した紳士淑女《しゅくじょ》が色とりどりの飲み物が注がれたグラスを手に談笑《だんしょう》している。

窓が開け放たれて自由に出入りできる広い庭にも白い円卓《えんたく》がいくつも置かれていて、円卓の中央には橙色《だいだいいろ》の光を放つオイルランプが設置されているのが見えた。

西洋楽器の生演奏にもダンスにも馴染めない春日は、こっそりと大広間を抜け出して庭の隅にある円卓の前に立った。

賑《にぎ》やかな大広間とは打って変わって、静かだ。早春の夜風は少し肌寒《はださむ》く、わざわざ庭に出ようと思う人は春日以外にいないらしい。

「はぁ……」

円卓に手をつき、特大の溜息《ためいき》を零した。

詳《くわ》しいことはよくわからないが、真田の主催《しゅさい》する今日の夜会は、新たな鉄道を開通させるという共同事業に関するお祝いらしい。

関係者を招いたということで、真田や咲夜と同年代か、もっと年嵩《としかさ》の人ばかりだ。春日は明らかに場から浮《う》いた存在で、居心地《いごこち》がよくない。

咲夜は、綺麗《きれい》な女性たちに取り囲まれていたので、春日が庭に出たことに気づいていないかもしれない。

「痛いけど、ここで脱《ぬ》ぐわけにはいかないし」

新しい靴は、咲夜が柔《やわ》らかい革《かわ》を使ったものを選んでくれたとはいえ、踵《かかと》のところが擦《す》れて痛い。

でも、せっかく咲夜が洋服に合わせて用意してくれたのだから、痛がっている素振《そぶ》りを見せるわけにはいかない。大広間では、普通《ふつう》に歩いていたつもりだけれど……ここなら、誰《だれ》も見ていないから大丈夫《だいじょうぶ》。

円卓に手をついて、そろりと靴から踵を抜《ぬ》いた瞬間《しゅんかん》、

「春日くん」

「っひ！」

背後から声をかけられて、ビクッと身体を震《ふる》わせてしまった。慌てて靴を履き直して、踵が擦れる痛みに眉《まゆ》を顰《ひそ》めながら振り返る。

「あ……真田さん」

咲夜と同じく、光沢のある黒い洋装に身を包んだ真田の姿に、小声でつぶやいた。

背格好がよく似ているので、一瞬だけ咲夜と見紛《みまが》ったけれど違《ちが》う。

靴を痛がっていると咲夜に知られずにすんで、ホッとしたような……春日を追ってくれないことに落胆《らくたん》したような、複雑な気分だ。

忙《いそが》しそうな咲夜が、春日に構う余裕《よゆう》がないのは当然だ。なのに、我儘《わがまま》なことを考えた自分にひっそり落ち込んでいると、微笑《びしょう》を滲《にじ》ませた真田が話しかけてくる。

「庭に出るのが見えたから……退屈《たいくつ》になっちゃった？」

「いえ、あの……居たたまれなくて。大人の方ばかりなので」

場違いであることに加えて、自分についてコソコソと交《か》わされている噂話《うわさばなし》が漏《も》れ聞こえてくるのも、居心地がいいとは言えない。

キラキラとした華やかな衣装《いしょう》の女性三人組は、『あら、もしかして咲夜様の若紫ではなくて？』『きっとそうよ。夜会にお連れになるのは、初めてじゃない？』『どれだけ綺麗な子かと思ったら、想像より……ねぇ』とクスクス笑い合っていた。

立派な髭《ひげ》を蓄《たくわ》えた男性は、『おや、馬の骨が紛《まぎ》れ込んでおるぞ』と、声を潜《ひそ》めることなく言いながら春日の前を横切った。

自分を伴《ともな》ったことで、咲夜が恥《は》ずかしい思いをしているのではないだろうか。

「なるほど。下世話な噂話は感心しないけど、皆《みな》が春日くんに興味津々《きょうみしんしん》なのは仕方がないかもなぁ。咲夜は、春日くんをそれは大切に両腕《りょううで》の中に囲って育てたからね。そろそろ隠し切れなくなったから渋々《しぶしぶ》連れ出したものの、誰にも見せたくないのが本音だろう」

「もしかして、咲夜の足手《あしで》纏《まと》いになっているのでしょうか。僕が、隠さなければならない存在なのは……なんとなくわかっていましたけど」

隠し切れなくなった、という真田の言葉に、春日はしょんぼりと俯《うつむ》いた。

咲夜は、真田にも他《ほか》の人たちにも、三年前に突然《とつぜん》引き取った春日のことを遠い親戚《しんせき》だと説明をしている。

本当の関係は、春日自身にもよくわからない。

咲夜とその母親は、混合種だ。でも、春日は純人《じゅんじん》なのだから、遠い親戚だとしても血縁《けつえん》関係はないだろう。

十四まで山に住む祖父母と暮らしていた春日に、咲夜とその母親が月に一度の割合で逢《あ》いに来ていた。真の目的は、祖父母が管理栽培《さいばい》する薬草を譲《ゆず》り受けるためだったと思うが、祖父母と咲夜たちの関係も今から考えれば少し不思議だ。

しかも、三つか四つか……幼い頃の春日が咲夜のお屋敷《やしき》で暮らしたこともあるとなれば、不可解な思いは増すばかりだった。

咲夜は、お屋敷に引き取って三年も経《た》つのに春日をあまり人前に出したがらない。それは、春日に何か問題があって堂々と紹介《しょうかい》することができない存在だからだとしか思えないが、咲夜自身はなに一つ説明してくれないのだ。

十年以上も咲夜と友人関係だという真田は、春日に関する事情をどれくらい知っているのだろうか。

「隠さなければならない存在、なんて言い方をしたら意味深だな。ただ単に、春日くんが可愛《かわい》すぎて他の人間に見せたくないだけだろう。僕も、春日くんに逢わせてもらえるまで二ヶ月近くかかったからなぁ。あの時の咲夜の大人げない態度、憶《おぼ》えてるよね」

「憶えてます」

初めて逢った時、「君が春日くんか。可愛いねー」と握手《あくしゅ》をしようと手を伸《の》ばした真田と春日のあいだに、ムッとした顔の咲夜が無言で割り込んだのだ。

きょとんと目を見開いた真田は、「か、過保護」と零《こぼ》した直後に背中を丸めて笑い転げて…………ムスッとした表情で黙《だま》り込む咲夜を前にした春日は、おろおろと視線を泳がせるしかできなかった。

「咲夜の助手になりたいんだろう？　堂々としていたらいい。不躾《ぶしつけ》な視線や下世話な噂を、気にしたら駄目《だめ》だよ。春日くんが、咲夜の特別であることは確かだ」

「特別、ですか？」

真田はそう言ってくれるけれど、春日はよくわからない。

ただ……そうだ。今も服の下に隠している長い尻尾や、毛先を遊ばせて髪《かみ》の毛で誤魔化《ごまか》している獣耳《けものみみ》を、春日の前では隠さないという意味では特別なのかもしれない。

「そうそう。今夜以降、不埒《ふらち》な噂が更《さら》に信憑性《しんぴょうせい》を帯びることは間違いない。春日くんが、こんなに綺麗な子だと大勢が知ったんだ。咲夜が男女問わず誘《さそ》いを撥《は》ねつける理由は、やはり春日くんか……ってね」

腰《こし》を屈《かが》めて顔を覗《のぞ》き込んできた真田は、クスリと笑って春日の前髪を指先で摘《つ》まむ。

春日にとって、子どもの頃《ころ》からずっと世界で一番格好よくて綺麗なのは咲夜だ。でも、こうして近くで見ると、真田も女性たちが「今夜も素敵《すてき》」と頬《ほお》を染めていた理由がわかるような……わからないような。

ぼんやりと考えながら真田と視線を絡《から》ませている春日に、真田は微笑に苦いものを混ぜて吐《と》息《いき》をついた。

「よくわからない、って顔だな。咲夜め、純粋培養《じゅんすいばいよう》にもほどがある。春日くんも、いつまでも子どもじゃないのにね」

真田のつぶやきに、春日はハッとして目をしばたたかせた。真田は、春日の前髪に触《ふ》れていた指を離《はな》し……その手を、今度は春日がギュッと握《にぎ》る。

呆《ぼ》けたようになっていた春日の、突拍子《とっぴょうし》もない行動に驚《おどろ》いたのか、真田は「ん？」と動きを止めた。

「そう……ですっ。咲夜は、僕のことをいつまでも子どもだと思っているんです。どうしたら、子どもじゃなくなりますか？」

十七なら子どもではないと言ってくれた真田なら、咲夜の目に『もう子どもではない』と映る術《すべ》を知っているかもしれない。

そんな期待を込めて、ジリジリと詰《つ》め寄った。

「あー……これは、ワルイコトを教えたくなるなぁ。咲夜に内緒《ないしょ》で、僕の部屋に来る？」

目を細め、これまでとは少し違う笑《え》みを浮かべた真田が、春日の腰に手を回してくる。

その言葉の意味はわからないが、真田の誘いにうなずけば、子ども扱《あつか》いされなくなるのだろうか。

首を縦に振るか横に振るか迷っていると、背後から肩《かた》を掴《つか》まれた。

「許すわけがないだろう。その手を離せ。チッ……油断も隙《すき》も無い」

「咲夜」

舌打ちをした咲夜が、真田から引き離すように自分へと引き寄せる。苦笑《くしょう》した真田は、宙に浮《う》いた春日の手を指差した。

「春日くんのほうから、僕の手を握ってきたんだぞ。子どもから脱却《だっきゃく》したいと言うから、お望みとあれば大人にしてあげようかと……」

「余計なお世話だ。春日を連れてきたのは失敗だった。春日を実際に目にしたら、馬鹿《ばか》げた噂も立ち消えるかと思ったが、夜会などまだ早かったな」

頭の後ろから聞こえてくる咲夜の言葉に、ギュッと奥歯を噛《か》んだ。

春日を連れてきたのは失敗だった、と言われてしまった。大勢の人の前で、所在なくおろおろして……無様だったのだろうか。

コソコソと噂話をされていたのも、春日が咲夜に不釣《ふつ》り合いだったからで……咲夜に恥ずかしい思いをさせていたのなら、自分が許せない。

うつむく春日は、泣きそうな顔になっていたのかもしれない。背後にいる咲夜には見えないはずだが、正面に立つ真田の目からは隠《かく》すことができなかったようだ。

「咲夜、言い方が悪い」

そう短く咲夜を咎《とが》めておいて、春日と視線を絡ませる。

「春日くんが悪いんじゃないよ。君はまだ、不慣れなだけだろう。今度は、もっと小規模な夜会に呼ぶから、またおいで。僕と二人きりでもいいけ……ど」

笑いかけながら春日の頬に触れようとした真田の手を、咲夜が容赦《ようしゃ》なく叩《たた》き落とした。静かな夜の庭に痛そうな音が響《ひび》いたけれど、真田は笑っている。

「許すわけがないだろう。帰るぞ、春日」

「あ……」

肩を抱《だ》かれて強引《ごういん》に身体《からだ》の向きを変えさせられ、真田を振《ふ》り向いた。

春日と目の合った真田は、微笑《びしょう》を浮かべたまま声に出さずに「またね」と口を動かして、右手を小さく振ってくる。

よかった。春日も咲夜もずいぶんと失礼な態度を取ったはずだが、怒《おこ》っていない。

「咲夜、もう帰っても大丈夫《だいじょうぶ》？」

煌々《こうこう》とした明かりの漏《も》れる大広間からは、まだ賑《にぎ》やかな声が聞こえてくる。夜会が、お開きになる雰囲気《ふんいき》ではない。

中座しても大丈夫なのかと心配になって咲夜を見上げると、チラリと春日を見遣《みや》って不機嫌《ふきげん》そうに答える。

「顔を出したんだから、義理は果たした。大広間から姿が消えたから、捜《さが》し回ったぞ。一人でうろうろするな」

「……ごめんなさい」

捜してくれていたという喜びよりも、咲夜の手を煩《わずら》わせてしまった自分の不甲斐《ふがい》なさに肩を落とした。

車を停《と》めてある裏庭を目指して早足で歩いていた咲夜は、春日の歩調が不自然なことに気づいたようだ。

不意に立ち止まり、わずかに眉《まゆ》を顰《ひそ》めて尋《たず》ねてくる。

「足が痛いのか？」

「ううん、平気っ」

咄嗟《とっさ》に否定したけれど、即答《そくとう》は逆に不自然だったようだ。短く息をついた咲夜が、無言で春日を抱き上げた。

予想外のことに頬を強張《こわば》らせた春日は、咲夜の肩を軽く叩いて膝下《ひざした》をバタつかせる。

「さ、咲夜。重いよ。歩けるから、下ろして」

「ジッとしてろ。俺は下ろすつもりがないんだから、下手《へた》に暴れると落ちるぞ。……気づかなくて悪かった」

淡々《たんたん》とした咲夜の声に、春日はピタリと動きを止めて口を噤《つぐ》む。

落ちるぞ、と脅《おど》すような言い方をしたけれど、春日を抱き上げる咲夜の腕《うで》には危なげがないし……多少暴れたところで、咲夜は春日を落としたりしないだろう。

「せっかく、咲夜が用意してくれた靴《くつ》なのに……ごめんなさい」

こうして、またしても余計なことで咲夜の手を煩わせてしまうのだから、子ども扱いされても仕方がない。

春日が落ち込んでいることは声色《こわいろ》で伝わったのか、咲夜はいつもより声を和《やわ》らげて言い返してくる。

「おまえが謝ることはないだろ。もっと早くに、しっかり馴染《なじ》ませておけばよかったな」

「僕、もっと頑張《がんば》るから、これきりだって言わないで」

ぽつりとつぶやいた春日の一言に、咲夜は珍《めずら》しく驚いた様子で「気に入ったのか？」と聞き返してくる。

「そうじゃないけど」

初めて参加した夜会は、苦手な雰囲気だった。春日の存在は、咲夜にとっていいものではないのかもしれない。

でも……屋敷《やしき》に置いて行かれるのなら、咲夜と一緒《いっしょ》がいい。

滅多《めった》にないことだけれど、どうしても断れず夜会に出かける咲夜の帰宅を今か今かと待ち侘《わ》びる時間は長く、淋《さび》しかった。

「夜会が気に入ったんじゃなくて、咲夜と一緒にいたいだけ」

その途《と》端《たん》、咲夜が歩みを止めた。

小さく本音を告げた春日に、咲夜からの返事はない。不純な動機だと思われたかと、恐《おそ》る恐る咲夜を見上げる。

周りに明かりはない。でも、夜空にぽっかりと浮かぶ満月が咲夜の端整《たんせい》な顔を照らしてくれていて、様子を見て取ることができる。

「咲夜？　駄目《だめ》だった？」

無表情で春日を見下ろす咲夜に言葉を重ねると、春日から目を逸《そ》らして止めていた歩を再開させた。

「いや……まぁ、そうだな。昊雅のようなのもいるし、俺の目の届くところに置いておいたほうがいいか」

独り言のようにぽつぽつと口にして、それきり黙《だま》り込む。

春日を、停めてあった車の後部座席に下ろすとすぐに発進させて、無言のまま十分ほどの距《きょ》離《り》を走らせた。

革靴《かわぐつ》をきちんと履《は》きこなすこともできないなんて、子ども扱いされるのは嫌《いや》だと我儘《わがまま》な主張をするくせに、やはり子どもだと呆《あき》れられたかもしれない。

車窓を流れる街並みをぼんやりと眺《なが》めて、子どもから抜《ぬ》け出すのは難しそうだ……と溜息《ためいき》をついた。

《三》

「あとは、こちらを飲んでおいてください。薬草を煎《せん》じたものです。先日の物と同じように、熱い湯で抽出《ちゅうしゅつ》して朝晩に二度」

咲夜の斜《なな》め後ろに控《ひか》えた春日は、膝《ひざ》の上に置いてある黒い鞄《かばん》から手の中に握《にぎ》り込める大きさの紙包みを取り出した。

そっと咲夜の手元に差し出すと、その紙包みを受け取った咲夜が床《とこ》についている初老の男性の枕元《まくらもと》に置く。

「いやぁ、助かりました。五條さんの薬湯は苦いが、さすがの効果だ。高名な医者からも、原因がわからぬ病だと言われていたのに……この半月ほどで、ずいぶんと身体が軽くなりましたよ」

男性の声は、病床《びょうしょう》に臥《ふ》せているにしては弱々しい響きではない。回復していることは間違《まちが》いないだろう。

「本調子まで、もうしばらくかかります。ご無理はなさらず。では、私はこれで」

静かに答えて畳《たたみ》から膝を浮《う》かしかけた咲夜を、男性が「お待ちを」と呼び止めた。

「おい。お礼を」

男性の呼びかけに、布団《ふとん》の脇《わき》に正座している女性が小さく「はい」と答えて、薄茶色《うすちゃいろ》の封筒《ふうとう》を差し出した。

咲夜は封筒の中を検《あらた》めることなく受け取り、背後の春日に渡《わた》しておいて「また、なにかございましたら」と、わずかに頭を下げた。

「そういえば、先月はお一人でいらしたが……そちらは助手さんで？」

春日は意図して咲夜の身体の陰《かげ》になるよう控えているので、男性の位置からはハッキリと見えていないはずだ。

それでも、存在に気づかないわけはない。

「はい。縁戚《えんせき》のものです。未熟者ですが少しずつ仕事を覚えているところでして、以後お見知りおきを。春日、ご挨拶《あいさつ》を」

こちらに身体を捻《ひね》った咲夜に促されたことで、『影《かげ》』に徹《てっ》していた春日は少しだけ前に進み出て畳に両手をついた。

「五條春日です。よろしくお願い申し上げます」

縁戚の者だと咲夜が紹介《しょうかい》し、春日は咲夜の姓《せい》を名乗っている。五條の名に身元を保証してもらうことで、依頼《いらい》人に安心感を与《あた》えるためでもある。

案の定、男性は年若い春日の存在をさほど不安に感じていないようだ。

「五條さんの縁者でしたら、安心ですな」

「ご信頼《しんらい》にお応《こた》えできるよう、勉学に励《はげ》みます」

春日は顔を伏《ふ》せたまま答えて、「行くぞ」と咲夜に促《うなが》されるまま立ち上がった。咲夜と共に廊下《ろうか》に出て玄関《げんかん》に向かっていると、男性の脇にいた女性が追いかけてくる。

「お見送りを」

そう口にして草履《ぞうり》に足を入れ、玄関扉《げんかんとびら》を開いた。立派な日本家屋は庭も広く、咲夜は玄関のすぐ傍《そば》まで延びる小道に黒い車を乗り入れている。

見送りをしてもらうほどではない、と春日が思ったのと同時に咲夜が女性に向き直った。

「ご丁寧《ていねい》にどうも。こちらで」

「あのっ」

思い切ったように口を開いた女性は、どう言葉を続けるべきか迷っているようだ。足元に視線を落とし、唇《くちびる》を噛《か》んでゆっくりと咲夜を見上げた。

急《せ》かすことなく続きを待っている咲夜に、小声で質問を投げかける。

「旦那《だんな》様は、その……毒を盛られているのではありませんか？　教えてください。もしそうでしたら、私は更《さら》に気を配らなければなりません」

唐突《とうとつ》に飛び出した『毒』という単語に、春日は無言で目を見開く。

祖父母や咲夜の傍に長くいる春日は、薬草の調合によって異なる数々の効果を知識として得ているつもりだ。だから、この屋敷の主《あるじ》のために調合した薬草が『どんな症状《しょうじょう》に効くもの』なのか、知っている。

当然、なにを目的とした薬草か悟《さと》られないようにしていたつもりだ。咲夜も、具体的なことは言わなかった。けれど、なんの根拠《こんきょ》もなく、『毒』などと物騒《ぶっそう》なことを言い出したわけではないはずだ。

咲夜は、どんな反応を？　とこっそり横顔を窺《うかが》い見たが、端整な顔には一切《いっさい》の表情がなく、なにを思っているのか読み取ることはできない。

さすがだ。つい動揺《どうよう》してしまった春日とは違う。

「なにか、心当たりがあるのですか？」

潜《ひそ》めた声で咲夜に聞き返された女性は、「あの」とわずかに口籠《くちごも》って周りを見回し、人影がないことを確認《かくにん》してから語り出した。

「……昔からですが、こちらのご長男とご次男の仲は芳《かんば》しくないものでして。ここ最近は跡取《あとと》りの座を巡《めぐ》り、それぞれの伴侶《はんりょ》も加わって一触即発《いっしょくそくはつ》なのです」

言いづらそうに口にした女性は、長く仕える家事手伝いなのだろう。ぽつぽつ語る表情からも、身内の揉《も》め事は心苦しいのだという苦悩《くのう》が見て取れる。

「ご長男は、旦那様が弟君に肩入《かたい》れしていると思い込んでおられて、その……陰で、旦那様が今すぐにでも身《み》罷《まか》られることを、望まれているような発言をなさっていることもあります。現状では、ご長男のほうにお屋敷《やしき》や家財の多くが相続されることになっていますが、旦那様の気が変わって弟君に相続権が移されるのを恐《おそ》れているようで……。もし、旦那様の不調の原因が毒である可能性がありましたら、ご長男から贈《おく》られたお酒やお茶にも気をつけるべきだと思ったのです」

胸の内に溜《た》め込んでいたものを吐《は》き出して気が抜けたのか、言葉を切った女性は大きく息をついて肩を落とした。

咲夜がどう答えるのか、春日は胸元《むなもと》に鞄を抱《だ》いて息を詰《つ》める。女性の緊張《きんちょう》に釣《つ》られたのか、春日の心臓もドキドキと鼓動《こどう》を速めていた。

「断言はできませんが……先日の薬湯は、解毒《げどく》作用のあるものです」

断言はしない。でも、解毒作用のあるものが効いたのであれば、彼女の懸念《けねん》は現実のものである可能性が高い。

そう婉曲《えんきょく》に伝えた咲夜の言葉を、女性は的確に受け止めたようだ。ハッとした様子で唇を震《ふる》わせて、表情を引き締《し》めた。言葉にはしないけれど、凛《りん》とした面持《おもも》ちには主を護《まも》ろうという覚《かく》悟《ご》が浮かんでいるみたいだ。

「あ……ありがとうございます。帰り際《ぎわ》にお引き留めして、失礼致《いた》しました」

そう深く頭を下げた女性に、咲夜は「また、なにかございましたら」とだけ告げて車の扉を開いた。

春日も女性に軽く頭を下げ、助手席に乗り込む。運転席に座ってエンジンを起動させた咲夜は、庭を貫《つらぬ》く小道にゆっくりと車を走らせた。庭を出る直前、そろりと振《ふ》り向いた春日の目に、玄関先に立って自分たちを見送る女性の姿が映る。

女性の姿が見えなくなって身体《からだ》の向きを正面に戻《もど》すと、咲夜が低く尋《たず》ねてきた。

「気になるか」

「う……ん」

春日は曖昧《あいまい》にうなずくと、鞄をギュッと抱いた。咲夜の横顔にチラリと目を向けて、胸に渦《うず》巻《ま》くもやもやとした思いを零《こぼ》す。

「家族なのに、毒を盛るなんて……淋《さび》しい」

春日にとって、今はもういない祖父母は大好きで大切な存在だった。使用方法によっては毒にもなる、様々な薬草についての知識を授《さず》けられる際は厳しかったけれど、山のささやかな小屋での日々は優《やさ》しくてあたたかい思い出に満ちている。

小さい頃《ころ》に亡《な》くなった咲夜の母親も、春日に逢《あ》うたびに優しく抱き上げてくれた憶《おぼ》えがあるし、祖父母亡き後に引き取ってくれた咲夜も少しぶっきらぼうながら春日を疎《うと》ましがることなく傍に置いてくれた。

今は、咲夜と珠子が家族のようなもので、信頼できる人ばかりに囲まれている春日には家族に毒を盛る心理が理解できない。

淋しいと言い残してうつむく春日に、咲夜がボソッと口にする。

「誰《だれ》しも、多少の差はあれ身内には油断するだろうからな。寝首《ねくび》を掻《か》くのも容易《たやす》い」

肩を震わせた春日は、パッと顔を上げて咲夜の顔を見詰《みつ》める。口調もだが、横顔も冷え冷えとしたものだ。

「僕は、絶対にそんなことしない。咲夜は、僕のことを疑ったり……してないよね？」

咲夜は、他人に対して警戒心《けいかいしん》が強い。自宅にまで入れる人は滅多《めった》におらず、珠子と春日を除けば片手で数えられるほどだ。

まさかと思うが、春日のことも心の底から信用していないのでは？　と不安になり、否定を求めて端整《たんせい》な横顔を凝視《ぎょうし》した。

すぐさま、「そんなわけはない」と言ってくれると思ったのに、咲夜は無言でハンドルを握《にぎ》っている。

この沈黙《ちんもく》は、なにを意味するのだろう。

春日は泣きそうな気分になり、「咲夜」と呼びかける。情けない声で名前を呼ばれたせいか、ようやく咲夜が口を開いた。

「絶対に、か。そんな言葉を簡単に口にするあたり、まだまだ子どもだな」

「子どもだからじゃない。咲夜のことが、大好きだから……僕は、咲夜を裏切るようなことは絶対にしない。咲夜も、本当はわかってるよね？」

　山から街のお屋敷に引き取られて、三年……咲夜の傍で、いろんなことを学んだつもりだ。それでも、未《いま》だに世間知らずな子どもだという言葉は、否定できない。けれど、子どもだから軽々しく「絶対に」と言えるのではないということは主張したい。春日が咲夜を裏切るなど、天地が引っくり返ってもあり得ないのだ。

「泣きそうな声を出すな。まぁ……おまえに寝首を掻かれるほど、間《ま》抜《ぬ》けじゃない」

「それ……なんか違う」

　春日を信じている、という答えではない。春日がなにをしても、自分の身は自分で護れるという意味では。

　論点を逸《そ》らすのが巧《たく》みな咲夜を相手に、どんな言葉で言い返せばいいのかわからなくなり、唇を尖《とが》らせてギュッと鞄《かばん》を抱き締めた。

「おまえを、屋敷に入れていることの意味を考えろ。それも、三年だ」

「……うん」

　咲夜の屋敷に住まわせてもらっている、仕事部屋にまで入れてもらっていることの意味が、わからないわけではない。

　ただ、「春日を信じている」という言葉を欲しがるのは、我儘《わがまま》だろうか。

　黙《だま》り込んだ春日に、咲夜が思いついたようにつぶやいた。

「心配しなくても、俺も珠子も春日に毒を盛ったりしないからな」

「そんなこと、心配してない！」

反射的に声を上げると、咲夜は「そうか？」と惚《とぼ》けた調子で口にして微笑《びしょう》を滲《にじ》ませた。

春日が微塵《みじん》も疑ったりしていないことは、わかっているはずなのに……咲夜は時々、意地が悪い。

「とりあえず、親切面《づら》をして近づいてくる他人には容易に気を許すなということだ。来週末は、この車の手配をしてくれた伯爵《はくしゃく》から夜会の招待を受けている。おまえの噂《うわさ》を聞きつけたらしく、是非《ぜひ》春日もと言われているから連れて行く。車や舶来《はくらい》物の好きな男ばかりの小さな集まりだから、下品な噂に晒《さら》されることはないはずだが……気を抜くな」

「親切……真田さんも？」

親切面をして近づいてくる、と言われて一番に思い浮《う》かんだのは、咲夜の長年の友人である真田の顔だ。

警戒心の強い咲夜も、真田のことは『他人』と一括《ひとくく》りにしないだろうと思っていたのに、春日の問いかけに無言を貫く。

「咲夜」

「着いたぞ。使わなかった薬草は、保管庫に戻しておけ。調合してあるものは、焼却炉《しょうきゃくろ》で処分するから一纏《ひとまと》めにしておくように」

お屋敷が見えてきて、咲夜が言外に「この話は終わりだ」と告げてくる。

咲夜が、本当は真田をどのように捉《とら》えているのか、春日にはよくわからないままだった。

万が一、咲夜が真田のことを信じ切っていなくても……咲夜は独りぼっちにならない。春日だけは、どんなことがあっても咲夜の味方だし咲夜の傍《そば》にいる。

それだけは揺《ゆ》らがないと心の中で誓《ちか》い、艶《つや》やかな黒毛に覆《おお》われた咲夜の耳を目に映した。

□□□

男性ばかり、少人数の集まりだと事前に聞かされていた通り、前回春日が参加した真田宅での夜会とは雰囲《ふんい》気《き》の異なるものだった。

主催《しゅさい》の伯爵《はくしゃく》は、顎《あご》の白い髭《ひげ》が特徴《とくちょう》的な初老の紳士《しんし》だ。伯爵と同世代の友人らしき男性の他《ほか》は、咲夜と同じくらいの青年が三人しかいない……と春日が居心地《いごこち》の悪さを感じながら咲夜の背後に立っていると、少し遅《おく》れて馴染《なじ》みのある長身が現れた。

急ぎ足でやって来たのか、息を切らして小部屋に駆《か》け込んできた真田は、上着のボタンを留めていない。

「遅れてすみません。伯爵、ご招待ありがとうございます。英国から届いたばかりの洋酒をお持ちしましたので、ご賞味ください」

琥珀色《こはくいろ》の洋酒ボトルを伯爵に手渡《てわた》した真田は、咲夜と並んで立つ春日に目を留めて真っ直《す》ぐに歩み寄ってくる。

「やあ、春日くん。咲夜が、この手の集まりに参加する許可を出すなんて……どんな心境の変化だ」

「好きに想像しろ」

相変わらず朗《ほが》らかな真田に反して、咲夜は言葉遊びさえ面倒《めんどう》だと言わんばかりの素っ気ない返事だ。

そんな咲夜の応対には、すっかり慣れているのだろう。真田は、気分を害した様子もなく笑っている。

「五條の参加もだが、真田も珍《めずら》しいじゃないか。婦人のいない夜会は、華《はな》がなくてつまらないと言っていなかったか？」

細長いグラスを手にした青年が、真田を見上げて皮肉を含《ふく》む微笑を滲ませる。その脇《わき》に立つ青年も、奇妙《きみよう》な薄《うす》ら笑いを浮かべていた。

「その通り。ただ、伯爵のお誘《さそ》いとなれば別だ。伯爵、先日仰《おつしや》っていた舶来の仕掛《しか》け時計を見せていただきたいのですが……」

傍で見ているだけの春日でもチクチク刺《とげ》を感じる言葉だったが、真田はさらりと流して伯爵に話しかけた。

「おお、もちろんだとも。真田くんは私と趣味《しゅみ》が似ているから、気に入るはずだ。そうだ。共に取り寄せた硝子《ガラス》のランプも、披露《ひろう》しよう」

仕掛け時計とやらは自慢《じまん》の一品らしく、伯爵は機嫌《きげん》よく笑って真田の腕《うで》を叩《たた》いた。

そのあいだも三人の青年は、「真田は取り入るのが上手《うま》いからな」とか「調子がいい」と伯爵まで聞こえない小声で、コソコソ話し合っている。

「……咲夜」

嫌《いや》な空気に眉《まゆ》を顰《ひそ》めた春日は、こっそりと咲夜の名前を呼ぶ。

場にいるだけで周囲が明るくなるような真田に対して、敵意のようなものを剥《む》き出しにする人がいるとは思わなかった。

春日をチラリと見下ろした咲夜は、感情を窺《うかが》わせない淡々《たんたん》とした調子で語る。

「気にするな。僻《ひが》みだ。口説こうとした女が、ことごとく真田に靡《なび》くことで逆恨《さかうら》みをしているだけだ。くだらん」

咲夜の声が聞こえたのか、三人はピタリと口を噤《つぐ》んでこちらに背を向ける。

それは……確かに咲夜の言う通りくだらないが、ありそうな話だ。

失礼ながら春日でも、真田とあそこにいる三人の青年だと、真田と話しているほうが楽しそうだと思う。

「五條くん、君もよければどうだ」

真田と共に部屋を出ようとした伯爵が、咲夜の名を呼んで誘いかける。

咲夜は、陰湿《いんしつ》そうな三人とここに残るよりも有意義な時間を過ごせそうだと判断したのか、迷うことなくうなずいた。

「では、拝見させてください。……春日」

振《ふ》り向いた咲夜に短く呼びかけられて、コクンとうなずく。

よかった。この場に一人で残されたらどうしようかと思っていたが、一緒《いっしょ》に行ってもいいらしい。

春日が手に持っていたグラスを円卓《えんたく》の端《はし》に置こうとしたところで、脇にいた誰《だれ》かの腕に肘《ひじ》が触《ふ》れてしまった。

「っ！　すみません」

その人が持っているグラスが大きく揺れて、春日の手元にグラスの中身が零《こぼ》れる。

繊細《せんさい》なグラスを床《ゆか》に落とさなくてよかった、とホッとして立ち去ろうとした春日の腕を、その人が摑《つか》んできた。

「ちょっと待て。赤葡萄酒《あかぶどうしゅ》だ。すぐに拭《ふ》かないと、シャツに跡《あと》が残る。このハンカチーフを使え」

「あ、でも……」

「仕掛け時計があるのは、隣室《りんしつ》だ。心配しなくても、追いつくさ」

チラチラと視線で追っていた咲夜は、確かめなくても春日がついて来ていると思っているのか、こちらを見ることなく伯爵や真田と会話を交《か》わしながら廊下《ろうか》に出てしまった。

確かに、すぐ隣《となり》の部屋なら追いかけられるかな……と手元に意識を移す。

幸い、白いシャツの袖口《そでぐち》に飛んだ雫《しずく》は数滴《すうてき》だ。せっかく咲夜が仕立ててくれたのだから、白いシャツに赤葡萄酒の痕跡《こんせき》が残るのは避《さ》けたい。

意外と言えば失礼かもしれないけれど、親切にも貸してくれたハンカチーフでトントンと袖口を叩いていると、腰《こし》を屈《かが》めて顔を覗《のぞ》き込まれた。

「君だろ、五條の若紫。こうして近くで見たら、噂より美人だな」

「しっかし、五條が大切に囲い込んでるってわりには幼いな」

左右から顔を覗きながら口々に言葉を投げつけられ、どんな反応をすればいいのかわからない春日は困惑《こんわく》する。

先ほどまでと、空気が違《ちが》う。ハンカチーフを差し出してくれた時は親切そうに笑っていたのに、今は……あまり感じのよくない薄ら笑いを浮かべている。

やはり、引き留められても足を止めるのではなかった。

袖口が汚《よご》れていても、すぐに咲夜を追いかければよかったと後悔《こうかい》しても、三人に周りを囲まれていて動けそうにない。

　真田に皮肉を投げつけていた青年が、「なぁ」と口を開く。

「五條が、滅多《めった》に人前に晒《さら》さない尻尾《しっぽ》を見たか？　実は、猫又《ねこまた》だってオチはないか。混合種が爵位を得ていること自体が、異例なんだ。ただの黒猫じゃないって説もあるくらいだから、奇妙な尻尾でもおかしくない」

　咲夜は、自身がネコ科の混合種であることを隠《かく》していない。ただ、耳はそのまま人目に晒していても尻尾は服の下に忍《しの》ばせていることがほとんどだ。

「混合種ってやつは、もっと愛嬌《あいきょう》があるもんだと思ってたけどなぁ。先日、叔父《おじ》に連れていかれた遊郭《ゆうかく》にも黒猫の混合種がいたけど、五條と違ってそりゃあ可愛《かわい》かった」

「遊女なら、愛嬌があるのも当然だろう」

「それが、雄《おす》だったんだよ。なのに、そこらの女より艶っぽくて……あれは見事な尻尾だった」

「五條の尻尾だと、禍々《まがまが》しいものを想像するけどな」

　勝手なことを言い合った青年たちは、声を上げて笑っている。

　咲夜を侮辱《ぶじょく》する言葉に黙《だま》っていられなくなり、ムッとして反論した。

「咲夜の尻尾は、艶やかで長くしなやかで……すごくすごく綺麗《きれい》です」

　春日は、艶やかで美しい咲夜の尻尾が子どもの頃《ころ》から大好きで……禍々しいなどと言われるのは、悔《くや》しい。

けれど、感情的になったことは失敗だったかもしれない。春日が言い返したことで、青年たちはますます距離《きょり》を縮めてくる。

「あれ、やっぱり見てるんだ。ってことは、五條のヤツ、本当にこんな……なにも知らなそうな子に手を出してるのか」

「見た目は清純そうなのにな。今度、おれも相手してよ。五條抜《ぬ》きで夜会に呼ぶから、内緒《ないしょ》で出てきてさぁ……」

「屋敷《やしき》に閉じ込めている五條より、楽しいことを教えてやるよ。混合種の五條には、入れないサロンもあることだし」

先ほども感じたが、混合種である咲夜を見下した発言だ。自分をどう言われるよりも、咲夜を悪《あ》し様に言われることが腹立たしい。

喉《のど》がカラカラに渇《かわ》き、春日は近くにあるグラスを掴んで中身を一気飲みした。直後、喉と胃が熱くなる。

よくわからないものを飲んでしまったけれど、喉を湿《しめ》らせることはできた。グラスを円卓に置き、青年を見上げて言い返す。

「咲夜のことを、変に言わないでください。お腹《なか》を壊《こわ》して困っても、あなた方には薬草を調合しませんから！」

「……勇ましいな」

パンパンと手を打ち鳴らす音に続いて、聞き覚えのある声が聞こえてくる。

戸口を見遣《みや》ると、真田が立っていた。その脇《わき》には、足を踏《ふ》み出しかけた体勢で真田に引き留められている咲夜の姿がある。

「自分のことは、どう言われても澄《す》ました顔をしていたくせに……春日くんに関しては、聞き流せないか」

「頭の悪い連中が妄想《もうそう》する、品性の欠片《かけら》もない言葉を春日に聞かせたくないだけだ」

真田に摑まれていた腕を取り戻《もど》した咲夜は、ふっと息をついてこちらを睨《にら》みつけた。

春日を囲んで好き勝手言っていた青年たちは、咲夜の眼力に気圧《けお》されたらしく声もなく硬《こう》直《ちょく》している。

春日は、三人を順に睨みつけて……最初に話しかけてきた青年の胸元《むなもと》に、ハンカチーフを突《つ》きつけた。

「お返しします。ありがとうございました。お腹を壊して寝込《ねこ》んでも、咲夜以外の薬師《くすし》を頼《たよ》ってくださいねっ。咲夜より優秀《ゆうしゅう》な薬師がいるかどうか、知りませんが」

視線を逸《そ》らすことなくそれだけ言い残して、戸口に立つ咲夜に駆《か》け寄った。春日の肩《かた》を抱《だ》いた咲夜は、ほんの一瞬《いっしゅん》だけ表情を緩《ゆる》めた。

「と、いうわけだ。食中《しょくあた》りだろうが流行《はや》り病だろうが、頼ってくるなよ。俺の優秀な助手が、拒否《きょひ》するからな」

感情を抑《おさ》えた、抑揚《よくよう》のない冷徹《れいてつ》な声で三人に言い放った咲夜は、春日の肩を抱いたまま廊下に出た。

「あ、因《ちな》みに君たちの台詞《せりふ》は伯爵《はくしゃく》にも聞こえていたから。子どもを虐《いじ》めるなど嘆《なげ》かわしいって、落胆《らくたん》してらした。次回の御呼《およ》ばれはないだろうなぁ」

真田の声は、発言の内容にそぐわない朗《ほが》らかなもので、だからこそ薄《うす》ら寒い雰囲気《ふんいき》を漂《ただよ》わせている。

三人の青年がどんな顔をしているのか、春日は振り返らなかったのでわからないが、誰一人として声は聞こえなかった。

「春日くん、なにか変わったものを口にした？　頰《ほお》が赤いのは、感情の昂《たかぶ》りだけが理由じゃないよね」

大股《おおまた》で追いかけてきた真田は、咲夜に肩を抱かれたままの春日の顔を覗き込み、表情を曇《くも》らせる。

赤いと指摘《してき》された頰に、真田の指先が触れた……直後、咲夜の右手がそれを叩《たた》き落とす。

「酷《ひど》いなぁ」

「触《さわ》るな、馬鹿者《ばかもの》。春日？　連中に、なにかされたか？」

真田に代わって、咲夜の手が頰に押し当てられる。その手が、少し冷たくて心地《ここち》いい……と感じたことで、火照《ほて》りを自覚した。

あの三人には嫌《いや》な言葉を聞かされただけで、なにかされたというわけではない。変わったことといえば、あれか？

「喉が渇いて……グラスの中身を確かめずに、近くにあったものを飲んだ。あれ、なんだったんだろう」

三人の青年が囲んでいた円卓《えんたく》にあったから、赤葡萄酒《あかぶどうしゅ》だろうか。その前に、春日が伯爵に勧《すす》められて飲んでいたものは、蜜柑《みかん》を搾《しぼ》った飲み物だった。それとは味が違う、ということしかわからない。

「葡萄酒かなぁ。平気か？」

「さぁ……これまで、春日に飲ませたことがないからな。春日、とりあえず屋敷に戻るぞ。昊雅、伯爵には……」

「適当に言っておく。威勢《いせい》よく反論した春日くんを気に入っていたから、早々にお暇《いとま》しても気を悪くはしないはずだ」

頭上で交わされる咲夜と真田の声が、ふわんふわんと頭の中で響《ひび》いているみたいだ。遠くなったり、近くなったり……目の前も、ゆらゆら揺《ゆ》れている。

安定を求めて、無意識に咲夜に身体《からだ》をもたせ掛《か》けた。

「おい、春日。大丈夫《だいじょうぶ》か」

「ん」

咲夜の問いに、きちんとうなずいたつもりだった。けれど、頭を少し動かしただけでグラグラしてしまい、足元がふらつく。

「駄目《だめ》だな。抱いていくか」

「……車まで送ろう」

ふわっと身体が浮《う》く感覚に驚《おどろ》き、咄嗟《とっさ》に手を伸《の》ばして縋《すが》りつくことのできるものを探した。

空気を掻《か》いた春日の手を、「ここだ」と誘導《ゆうどう》される。

なんだろう。あたたかくて……ホッとする。こうしてしがみついていれば、なにもかも大丈夫だと思える。

「気分は悪くないか？」

「ん……」

ぬくもりに両手でしがみついて身を預けると、頭のすぐ傍《そば》で誰《だれ》かが「うわぁ」と零《こぼ》すのが聞こえてきた。

「なんだ、この可愛い生き物。咲夜が過保護になって、誰にも見せずに独り占《じ》めしたくなるのもわかるなぁ」

「まだ子どもだ。どうしてあんな発想になるのか理解できん」

「ええー？　本気で言ってる……んだよな。まぁ、子どもの頃から傍で見ていたら切り替《か》えは簡単じゃないんだろうけど……春日くん自身は、子ども扱《あつか》いは嫌だってさ」

「そうしてムキになること自体が、子どもだろ」

身体を揺らされながら、二人の声が途切《とぎ》れ途切れに耳に入ってくる。もう一人のものは不明《ふめい》瞭《りょう》なのに、咲夜の声だけはハッキリと聞こえてきた。

子どもじゃない、と言い返したい。

でも、瞼《まぶた》を開けるのも億劫《おっくう》で声が出せない。

「気をつけて。またな」

「……夜会は、しばらく誘《さそ》うなよ。やはり、春日にはまだ早かった」

「はいはい。個人的に、お茶にお邪魔《じゃま》するとしよう」

そろりと身体を下ろされて、バタンと重い音は……車の扉《とびら》が閉まる時のもの？

エンジンの音と、横たわった身体の下から伝わってくる振動《しんどう》で、ぼんやりとした頭が車に乗せられて運ばれているのだと理解する。

咲夜の運転する車で、屋敷に帰っている。

それなら、もう……大丈夫。

安堵《あんど》に包まれて吐息《といき》をつくと、全身の力が抜けた。

「咲……夜」

かすれた声で零した咲夜の名前は、エンジンの音に邪魔をされて運転席まで届かなかったかもしれない。

薄く開いた目に映るのは、座席から見え隠《かく》れする咲夜の頭と……黒い毛に覆《おお》われた耳。

尻尾《しっぽ》と同じく、春日にはない大好きなものだ。

窓から差し込む月明かりに照らされて、艶《つや》やかな黒毛に薄く模様らしきものが浮かび上がっているように見えたけれど……目の錯覚《さっかく》だろうか。

不思議な心地で瞼を閉じると、うつらうつらと浅い眠《ねむ》りに漂った。

《四》

「ぅ……ん？　咲夜？」

心地いい浮遊感《ふゆうかん》が、唐突《とうとつ》に途切れる。やわらかな場所に身体を下ろされたけれど、全身を包み込むようなぬくもりがなくなってしまった。

瞼を震《ふる》わせた春日は、薄暗い視界に「なに？」と頭を動かす。

「目が覚めたか。このまま眠ってもいいが、寝苦《ねぐる》しいだろうから服を脱《ぬ》がすぞ」

「んっ、あつ……い」

シャツのボタンを外すため、喉《のど》のところをかすめた咲夜の指先が熱いのか、暑いせいでそう感じるのか。

身を捩《よじ》った春日は、いつの間にか屋敷《やしき》の自室にいることに気がついた。寝台《しんだい》に寝かされていて、咲夜が上着やシャツ、ズボンを脱がせようとしている。

「暑いか？　葡萄酒を飲んだせいだろうな。どれくらい飲んだ？」

頭はまだぼんやりとしているけれど、咲夜の声は少し前よりもハッキリと聞こえる。喉は渇《かわ》いているが、声を出すこともできるはずだ。

「どれくらい……グラスに、半分……より、多いくらい？」

きちんと確かめることなく、掴《つか》んだグラスに入っていたものを一気飲みしたのだ。正体が葡萄酒だったのかどうかも、春日は記憶《きおく》にない。

ぼんやりと答えた春日に、咲夜は「それなりの量だな」と苦い口調でつぶやく。

シャツのボタンを外していく咲夜の指が、時おり肌《はだ》に触《ふ》れる。ざわざわと奇妙《きみょう》なくすぐったさが広がり、小さく息をついた。

「まだ暑いか？　ズボンも脱がすぞ」

「あ……」

肌の熱さを確かめようとしてか、咲夜の手が春日の首筋に押し当てられる。その瞬間《しゅんかん》、ゾクッと悪寒《おかん》に似たものが背筋を駆《か》け上がって目を瞠《みは》った。

「っと、俺の手が冷たかったか？」

春日が身体を震わせた理由は、自分の手の冷たさにあると思ったようだ。首のところに触れていた咲夜の手が離《はな》れて行き、咄嗟に両手で捉《つか》まえる。

ギュッと握《にぎ》った咲夜の手は、冷たくなどない。

「春日？」

「やだ、咲夜。触《さわ》っ……てて。咲夜の手、気持ちいい」

もっと、触ってほしい。ずっと触っていて欲しい。

そんな欲求が込み上げてきて、戸惑《とまど》いながら咲夜の手を強く握った。

寝台に横たわった春日の脇《わき》に左手をついた咲夜は、珍《めずら》しく困惑《こんわく》したような顔で春日に握られた自分の右手を見ている。

咲夜の手を握っているうちに、更《さら》に身体《からだ》が熱を帯びてきた。耳の奥に響《ひび》く心臓の音が、やけに大きく聞こえる。

「酔《よ》っ払《ぱら》いめ。身体が熱いなら、自分で処理しろ。方法は教えてあるだろう」

咲夜は苦笑《くしょう》して、春日に握られた手を引き抜《ぬ》こうとした。その手を逃《に》がしてなるものかと、指に力を込めて引き留める。

春日は、自分の身になにが起きているのかわからなくて惑っているのに、咲夜は知っているのだろうか。どうすれば、この熱が冷めるのかも？

「方法……？　な、に？」

「身体に溜《た》まった熱を、逃がす方法だ。自分でできるだろう」

「あ……」

そういえば、咲夜が教えてくれたことがある。でも、春日はあまり必要性を感じなかったし、試《ため》してみてもうまくできなかったのだ。

「わかんな……できな、い。咲夜が、して。咲夜の手に、触ってほしい」

一人で試そうとした時は少し指先で弄《いじ》っただけで止《や》めてしまったのに、今は咲夜の手に触れてほしくて堪《たま》らない。

両手で咲夜の手を握っているだけで身体の奥から際限なく熱が湧《わ》き上がり、喉がカラカラに渇く。

「……咲夜、熱い」

握った咲夜の手を頬《ほお》に押しつけて、長くて綺麗《きれい》な指先に口づける。心臓の鼓動《こどう》は、増すばかりだ。

恐《おそ》る恐る見上げた咲夜は、なにも言ってくれない。手を動かすこともなく、微《かす》かに眉根《まゆね》を寄せて春日を見据《みす》えている。

「仕方がないな。もう一度教えてやるから、次からは自分で処理しろ」

険しい表情でそう口にすると、春日に握られていた右手を引き抜いて残っていた春日のズボンを脱がせた。

下着越《ご》しに熱の中心へ手のひらを押しつけられ、ビクッと脚《あし》を震わせる。

「ぁ、咲夜……」

下着をずらされて、咲夜の指が触れ……すぐに離される。もどかしさに泣きそうな声で咲夜を呼ぶと、そっと右手を摑まれた。

「憶《おぼ》えなきゃならないだろう」

「あ、っ……ぁ、ッ」

咲夜の左手と一緒《いっしょ》に、春日自身の手でも屹立《きつりつ》に触れることになる。

これまでになく腫《は》れたように硬《かた》くなっていて、怖《こわ》い……のに、そこから痺《しび》れるような心地《ここち》よさが全身に広がるから手を離せない。

「や、ゃ……どしたら、い……のか」

「強く触ったら痛いから、そっとだ。俺の指の真似《まね》をして、動かしてみろ。ほら……ここ、こうしたら」

「ッ……あ！」

咲夜の指を真似しろと言われても、うまく力が入らない。結局、春日の手を覆うようにして、咲夜ばかりが指を動かしている。

吐《と》息《いき》が喉を焼くように熱くて、頭の中は真っ白になっている。ドクドクドク……心臓の鼓動ばかりうるさくて、他《ほか》の音は聞こえない。

熱の塊《かたまり》が身体の奥底から込み上げてくるのに戸惑い、屹立を包む咲夜の手首をもう片方の手で握った。

「も、なんか……変っ、だから」

「変じゃないだろう。熱を吐《は》いたら楽になる。我慢《がまん》する必要はないから、出しちまえ」

咲夜の声まで、いつもと違《ちが》って聞こえる。

全部、身体を駆け巡《めぐ》る熱のせい？　吐き出したら楽になる……けど、咲夜は手を引いてしま

うに違いない。

もっと、触ってほしい。でも、もう……苦しくて苦しくて、心臓が壊《こわ》れそうだ。

「泣くほど耐《た》えなくていい。……春日」

「咲、夜っ。あっ、ぁ……ッん」

少しかすれた低い声で名前を呼ばれた瞬間、ギリギリまで膨《ふく》らんだ水風船が弾《はじ》けるように身体の奥から何かが溢《あふ》れ出すのを感じた。

瞼《まぶた》を閉じているはずなのに、目の前が眩《まぶ》しいくらい真っ白になり、ビクビクと身体を強張《こわば》らせる。

無意識に詰《つ》めていた息を吐き出して、うっすらと目を開く。

「っふ……ぁ、はっ……ぁ」

荒《あら》い息をつきながら小刻みに震えていると、咲夜の手がそっと髪《かみ》に触れ、首から胸元《むなもと》まで撫《な》で下ろすのを感じた。

先ほどまでの直接的な快楽とは種類の異なる心地よさに、全身の力が抜ける。

「……これで熱も冷めるだろう。汚《よご》れを拭《ふ》いて寝間着を着せておいてやるから、春日はこのまま寝てていい」

「ぅ、ん」

うなずいた途《と》端《たん》、一気に眠気《ねむけ》が押し寄せてきた。

手も足も重くて、咲夜に動かされるままになる。抱《だ》き上げられた時と同じくらい気持ちよくて、思考力が闇《やみ》に沈《しず》む。

咲夜の手に身を預けていたけれど、肌を撫でるさらりとした寝間着の感触《かんしょく》に、少しだけ意識が浮上《ふじょう》した。

わずかに瞼を開くと、ぼんやりとした視界に咲夜の顔が映る。

「……参ったな。まだ子どもだとばかり思っていたのに……あんな顔をして、甘い声で俺を呼ぶのか」

春日が眠っていると思っているのか、ぽつりと零《こぼ》して寝間着の襟《えり》を整えると、指先で髪に触れてくる。

慈愛《じあい》を感じる、優《やさ》しい触れ方だ。

気持ちいいな……と再び瞼を閉じたと同時に、ぷつりと意識が途切れた。

□　□　□

自室でぼんやりとしていた春日の耳に、庭の小道をこちらへ向かってくる車のエンジン音が聞こえてきた。

窓から庭を見下ろした春日の目に、ゆっくりと小道を進む黒い車体が映る。

「もう帰ってきた？」

パッと顔を輝《かがや》かせると部屋を飛び出して廊下《ろうか》を走り、階段を駆《か》け下りて玄関《げんかん》の扉《とびら》を開いた。

待ち構える春日の前に、綺麗に磨《みが》かれた黒い車が停《と》まる。

「あれ？　違う……」

咲夜が帰宅するには早いと思ったら、よく似ている黒い車は咲夜のものではない。でも、今日は来客の予定はなかったはずだ。

わずかに身構えていると、運転席の扉が開いて長身の青年が降りてきた。

「……真田さん」

咲夜ではないが、よく見知った人物だった。春日の中では、さほど警戒《けいかい》しなくてもいい相手だ。

「わざわざ、お出迎《でむか》えしてくれたの？　嬉《うれ》しいなぁ」

にこにこと笑いながら近づいてくる真田に、ほんの少し申し訳なさを感じながら首を横に振《ふ》る。

「いえ……その、いらっしゃる予定はありましたか？　咲夜からは、聞いてなくて」

「いや、予定はなかったんだけど……もしかして、咲夜は不在？　作業部屋なら、出てくるまで待つけど」

真田が予告なく訪ねてくることは、さほど珍《めずら》しくはない。そのせいで、咲夜が外出していることもあるし、薬の調合のために作業部屋に籠《こも》っていることもままある。

時間はあるからと笑う真田に、春日は小首を傾《かし》げて答えた。

「珠子さんを、駅まで送って行きました。でも、そろそろ帰ってくるはずです」

「珠子さんが駅を使うのは、珍しいな」

定期的に山へ出かけることもあり、咲夜や春日が不在にしていても珠子が遠出をすることはまずない。

真田もそれを知っているので、電車を使う外出など珍しいと口にしたのだろう。

「田舎《いなか》のお母様が体調を崩《くず》したみたいで、電報が届いたんです。咲夜が、すぐに逢《あ》いに行くようにと」

母親との折り合いはあまりよくなく、長く顔を合わせていなかったそうなので、電報を手にした珠子は戸惑《とまど》った様子だった。

そんな珠子に咲夜は「すぐに逢いに行け」と言い、春日も「そうですよ」と背中を押した。

母親の存在を知らない春日には、複雑そうな顔をしていた珠子の心中を汲《く》むことはできない。でも、逢えるのなら逢っておくべきだと思ったのだ。

余計なお世話だったかもしれないが……と、うつむいた春日に、真田は自然な様子でうなずいた。

「ああ……なるほど。それは心配だね。駅なら、そう長くはかからないか。待たせてもらってもいい？」

真田は咲夜を訪ねてきたのだから、春日が追い返すわけにはいかない。

「はい。どうぞ」

春日が玄関扉を開けると、真田は「ありがと」と微笑《ほほえ》んで、慣れた様子で扉をくぐった。

応接室に真田を通したのはいいが、ここに一人きりにして咲夜を待たせるわけにはいかないだろう。

来客の際は、珠子に対応を任せていたので、どう持て成せばいいのかわからない。

まずは、そうだ。お茶を淹《い》れるべきか。それくらいなら、春日でもできる。

春日が話しかけようとしたところで、一息先に真田が口を開いた。

「あ、春日くん。これは、春日くんに。先日の、新堂伯爵《しんどうはくしゃく》から預かってきた。嫌《いや》な思いをさせただろうから、お詫《わ》びだそうだ」

綺麗《きれい》な桃色《ももいろ》の紙に包まれた四角い箱を差し出されて、戸惑う。春日が手を出しあぐねていると、真田はその箱を応接机の端《はし》に置いた。

「伯爵に非があるわけではありませんし、そんな……お気遣《きづか》いをいただくほどでは」

だいたい、一方的に言われるがままになって耐えていたわけではない。春日も、しっかり言い返したのだ。

あの青年たちが詫びるのならともかく、伯爵が春日に気を遣う必要はない。

「近いうちに大作の絵を迎《むか》えるそうだから、それのお披露目《ひろめ》も兼《か》ねて、昼のお茶会に招待したいと言っていたよ。今度は、咲夜と二人だけでね」

昼のお茶会。咲夜と二人で。

それだけでも、十分に伯爵の気遣いを感じられる。

躊躇《ためら》いを残して桃色の紙に包まれた箱を見ていると、真田がイタズラっぽく笑った。

「和蘭《オランダ》から来た料理人が作った、珍しいお菓子《かし》らしい。僕もお相伴《しょうばん》に与《あずか》りたいから、お茶を淹れてもらっていいかな」

「……はい。少しだけお待ちください」

そう言われれば、断る理由はない。

応接室に真田を残した春日は、お茶の用意をするべく早足で厨房《ちゅうぼう》へと向かった。

きっと、お相伴に……という真田の言葉も、春日の気を軽くするための気遣いだ。

桃色の紙を解いて開けた箱には、箱の形と同じ四角形をした、卵色の不思議なお菓子が収まっていた。

切り分けたほうがいいのかもしれないが、不用意に持ち上げようとしたら壊《こわ》してしまいそうだ。

「ど、どうしたらいいのでしょうか」

「ナイフとフォークで、適当に切るのが最善策かな。でも、パンと同じように手で千切ってもいいんじゃない？」

躊躇う春日をよそに、真田は四角いお菓子を左右の手で持って二つに割ってしまう。

かっちりとした四角形の見た目よりも柔《やわ》らかいらしく、簡単に小さく千切ることができるようだ。

「はい、春日くんの分。咲夜に見られたら、手掴《てづか》みなど行儀《ぎょうぎ》が悪いと叱《しか》られそうだな」

「ありがとうございます」

真田に手渡《てわた》されたお菓子は、挟《はさ》み込んだ親指と人差し指を押し返してくる。ふかふか……綿のような柔らかさだ。

恐《おそ》る恐る端の方を齧《かじ》ると、舌に甘みが広がり、あっという間に口の中で溶《と》けた。

「すごい。……美味《おい》しいです」

甘くて、ふわふわで……団子や饅頭《まんじゅう》とも、羊羹《ようかん》とも違《ちが》う不思議な甘味だけれど、すごく美味しい。

こんなに美味しいのだから、すごく高価なお菓子に違いない。咲夜の分も、残しておかなければ。

そう思いながら手に持った分を食べ切って、箱に残ったお菓子を見下ろす。

英国のお茶をお客様に出せる珠子とは違い、春日が唯一《ゆいいつ》淹れることのできる煎茶《せんちゃ》を一口飲んだ真田が、不意に話しかけてきた。

「あの日、赤葡萄酒《あかぶどうしゅ》で酔《よ》っ払《ぱら》っていたみたいだけど、大丈夫《だいじょうぶ》だった？」

「えっ」

ビクッと顔を上げた春日は、目を見開いて真田と視線を合わせる。

大丈夫、とは……どんな意味だろうか。春日の記憶《きおく》は途切《とぎ》れ途切れで、自室の寝台《しんだい》に身体《からだ》を下ろされたところからしか憶《おぼ》えていない。

伯爵のお屋敷《やしき》で、なにかとてつもない迷惑《めいわく》をかけてしまった？　それとも、咲夜に甘える恥《は》ずかしい姿を曝《さら》け出してしまった？

自身の記憶が曖昧《あいまい》なだけに、どんな反応をすればいいのかわからない。

「車の中やここに帰ってから、気分が悪くならなかったのならいいけど」

「あ……それは、大丈夫です。咲夜には、迷惑をかけました……が」

真田の様子だと、それほど醜態《しゅうたい》を曝け出してはいないかもしれない。だとしたら、春日が迷惑をかけたのは咲夜にだけだ。

断片《だんぺん》的ながら、とんでもないことをさせた咲夜に対するあれこれは、迷惑という一言で言い表せるものではないかもしれないが……。

咲夜に散々甘えた挙句、「触《さわ》って」と懇願《こんがん》したことまで不用意に思い出しそうになり、じわりと頬《ほお》が熱くなるのを感じる。

「咲夜は、春日くんに関することなら迷惑とは思わないだろ」

「でもっ、あんな……」

「あんな？」

迂闊《うかつ》なことを口走ってはいけないと、慌《あわ》てて口を噤《つぐ》む。観察力の優《すぐ》れた真田には、ほんの欠片《かけら》からでも見透《みす》かされてしまいそうだ。

意識して唇《くちびる》を引き結ぶ春日に、正面に座っている真田は奇妙《きみょう》な微笑《びしょう》を浮《う》かべた。

「咲夜と、なにかあった？　言えないこと？」

「………」

そんなふうに尋《たず》ねられたら、ますますなにも答えられない。でも、無言を貫《つらぬ》くこと自体が「言えないことがありました」と告白しているのと同じなのでは。

真田の問い質《ただ》し方は怖《こわ》いな、と思いながらチラリと視線を向ける。

「無理を強《し》いたのでなければ、いいと思うけど。春日くんは、咲夜のことが好きだろう？」

その問いに対する答えは、一つしかない。春日には嘘《うそ》をつく理由もないのだから、迷わずうなずいた。

「好きです」

「迷わず断言か。こんな一途《いちず》に想《おも》われる咲夜が、羨《うらや》ましいね。光る君と若紫って呼び名で噂《うわさ》をされるくらい、甘んじて受け入れるべきだな」

「あっ、でも、咲夜は……僕のことを好きなわけじゃないので、勝手な噂は受け入れられなくて当然だと思います」

ふっと息をついて苦笑を滲《にじ》ませた真田に向かって、春日は首を左右に振《ふ》った。

好きなのは、春日だけなのだ。

光る君と若紫という呼称《こしょう》で噂される関係がどんなものなのか、春日は未《いま》だにきちんとわかっていない。けれど、咲夜にとって不本意なものだろうということくらいは察せられる。

「咲夜は、好きじゃない？　本人がそう言ったのか？」

「えっと……咲夜にとって、僕は子どものままなのだと思います」

春日は咲夜がずっと好きで、くっつきたい……触ってもらいたい、春日も咲夜を触りたいと思う種類の好きだと、あの夜にハッキリと自覚した。でも、咲夜にとっての春日は、今でも子どものままなのだと思う。

だから、春日に触《ふ》れて熱を逃《に》がしてくれたことなどなかったかのような顔をして、なにも変わらない。

あれ以来、咲夜と腕《うで》が触れ合うだけでも春日がドキドキしていることなど……きっと、気づいてもいない。

「うーん……咲夜は、変なところで頭が固いからな。春日くんは、こんな綺麗《きれい》に育っているのにね」

春日と目を合わせた真田は、ふふっと笑って春日の胸元《むなもと》を指差してくる。

曖昧にうなずいて、

「咲夜は、わかってくれません」

と、小声で吐露《とろ》した。

真田の言う「綺麗」は、よくわからない。でも、咲夜が考えているほど子どもではないつもりだ。

「夜這《よば》い……咲夜の寝台に忍《しの》び込んで、もう子どもじゃないってことを強硬《きょうこう》手段でわからせるのはどう？」

潜《ひそ》めた声で提案され、それにどれくらいの効果があるのだろうかと首を傾《かし》げた。

咲夜が、春日はもう子どもではないとわかってくれるなら、どんなことでもするのに。

「それとも、僕が」

真田がなにか言いかけたところで、廊下《ろうか》を歩いてくる足音が聞こえてきた。どんどん近づいて来て、無遠慮《ぶえんりょ》に応接室の扉《とびら》が開け放たれる。

「昊雅！　見覚えのある車が停《と》まっていると思ったら……予告なく来るんじゃない。春日に妙《みょう》なことをしていないだろうな」

大股《おおまた》で応接室に入ってきた咲夜は、春日と真田が向かい合っている机の脇《わき》で仁王立《におうだ》ちして真田を睨《にら》み下ろす。

自分が睨まれているわけではないのに、心臓がギュッとなるくらいの迫力《はくりょく》だ。

無意識に息を詰《つ》める春日とは違《ちが》い、当の真田は、咲夜の眼光に怯《ひる》むどころか笑《え》みを浮《う》かべる余裕《よゆう》まであるらしい。

「怖《こわ》いなぁ。見ての通り、平和にお茶を飲んでいただけだ」

「平和に？」

真田の発言の一部を疑問形で口にした咲夜は、チラリと春日に視線を移してくる。

その目に、「本当か？」と問い質されて、春日は声もなくコクコクとうなずいた。

「茶を飲みたいだけなら、自分の屋敷《やしき》で浴びるほど飲めばいい。昊雅の小間使いじゃないんだから、春日に淹《い》れさせるな」

険しい表情の咲夜に非難された真田は、「あー……」と笑みを消して、申し訳なさそうな顔をした。

「それは、確かに。おまえの春日くんに、お茶を淹れさせたりして悪かった。ただし、お茶を飲むだけが目的ではないから、そんなに怖い顔をするな。まず一つ。新堂伯爵《はくしゃく》から、春日くんへのお詫《わ》びを届けるために来た。春日くんが、美味《おい》しいから咲夜にも食べさせたいって健気《けなげ》なことを言って、大事に取っておいてあるぞ」

真田はそう言いながら、机の上にある白い箱を指差す。半分になった卵色のお菓子《かし》が収まっている箱を見遣《みや》った咲夜は、少しだけ表情を緩《ゆる》めた。

小さく息をつき、眉間《みけん》の皺《しわ》を解く。

「まず一つということは、他《ほか》にもあるんだろう。面倒《めんどう》はご免《めん》だからな」

咲夜の言葉に、真田は「うーん？」と曖昧《あいまい》に首を傾《かし》げた。春日は二人の顔を交互《こうご》に見ながら、ここにいてもいいのだろうかと迷う。

大事な話なら、席を外すべきだと思う。でも、どちらも春日に退室するよう促《うなが》さないのだから、耳に入れても問題のない話なのか……？

「面倒かどうかは……僕にはなんとも言えないな。咲夜に、仕事の依頼《いらい》だ」

惑《まど》っているあいだに会話が始まってしまい、せめて邪魔《じゃま》にならないようにしようと決めて、可能な限り気配を潜《ひそ》める。

「おまえから？」

「いや、咲夜に診《み》てほしい人物がいる……らしい。あいだに何人か通しているから、詳《くわ》しいことは僕にもわからないんだ」

咲夜は名の通った薬師《くすし》だけれど、信頼《しんらい》のできる人物からの紹介《しょうかい》がなければ薬を譲《ゆず》り渡《わた》さない。それも、自身が直接診断《しんだん》をした上でそれぞれの症状《しょうじょう》に合わせた調合をするのだから、同じ薬は二つとない。

真田が咲夜と親交があることは、社交界に知られている。だから、真田が仲立ちをすることは初めてではないが、更《さら》に複数の人を挟《はさ》んでいるというのは珍《めずら》しい。

咲夜は、しばらく無言で思案の表情を浮かべていたけれど、仕方なさそうに吐《と》息《いき》をついた。

「俺にその話を聞かせたということは、断れない状況《じょうきょう》なのか」

咲夜に話した時点で、仲介《ちゅうかい》を断ることができなかった……受けてもらわなければ困ることになるという真田の状況を、理解したらしい。

「ご明察。大陸からの品物を仕入れる際、運搬《うんぱん》の大半を任せている船主から持ち込まれた話なんだ」

答えた真田の口調は深刻なものではなかったが、咲夜を見上げる顔にいつもの柔和《にゅうわ》な笑みはない。

応接室にはいつになく張り詰めた空気が漂《ただよ》っていて、咲夜がどう答えるのか、傍観《ぼうかん》しているだけの春日のほうが緊張《きんちょう》してきた。

身動《みじろ》ぎも憚《はばか》られるほどの沈黙《ちんもく》が続き、ゆっくりと長い腕《うで》を組んだ咲夜がようやく口を開いた。

「面倒そうな話だが、おまえに特大の恩を売っておくことにしよう」

「すまない。……助かるよ」

「大層な人物らしい依頼主から、たっぷりと報酬《ほうしゅう》をいただくから気にするな。俺が混合種であることに不満を持つなら、後は知らん」

混合種への差別が禁止されるようになって、ずいぶんと経《た》つ。ただ、上流階級には、未《いま》だに混合種に対して歪《ゆが》んだ選民思想を抱《いだ》く層が存在する。

咲夜の助手を名乗って診療《しんりょう》に同行する春日も、隠《かく》し切れていないその手のヒリヒリした空気を感じることがあるのだ。

咲夜の言葉を、真田は首を振《ふ》って否定した。

「それは承知の上で、おまえを頼《たよ》っているはずだ。……先方に返事をしておく。詳しくは、後日改めて」

そそくさと席を立ったということは、咲夜への依頼が真の目的だったに違いない。春日へ伯爵からの届け物があったのも本当だろうが、門前払《もんぜんばら》いをされないための大義名分か。

春日と目を合わせて、「慌《あわ》ただしくてごめん、またね」と申し訳なさそうな笑みを浮かべたことからも、間違いない。

それでも、応接室を出る直前に春日を振り向いて、

「お茶、美味しかったよ。ご馳走様《ちそうさま》」

と付け加えたあたりは、細かな気配りを欠かさない真田らしい。

ぼうっとしていた春日は、慌てて立ち上がって足を踏《ふ》み出した。

「こちらこそ、ありがとうございました。お見送りを」

「お気《き》遣《づか》いなく。咲夜とお茶の続きをしてくれ」

右手を上げて春日を制すると、「失礼」とその手を振って廊下《ろうか》に出て行く。規則正しい足音が遠ざかり、ほどなくして車のエンジン音が窓の外から聞こえてきた。

「落ち着きのない男だ」

ボソッとつぶやいた咲夜の声にハッとして駆《か》け寄り、正面に立つ。

「あの、お帰りなさいっ。新しくお茶を淹れるから、座って。頂いたお菓子すごく美味しいから、咲夜も一緒《いっしょ》に食べよ」

「お茶はいい。昊雅とは、本当に……いや、……」

春日を見下ろして視線を絡《から》ませた咲夜は、珍しく語尾《ごび》をあやふやに濁《にご》して目を逸《そ》らすと、それきり口を噤《つぐ》んだ。

先ほどまで真田が腰《こし》かけていた椅子《いす》に座り、机に残されたお茶の器《うつわ》を忌《い》ま忌ましそうに睨む。

「今後は俺が不在の時は、真田だろうと屋敷に入れるな」

「……わかった。ごめんなさい」

咲夜と真田が親しいことを知っていたからとはいえ、主《あるじ》の許可なく春日の独断で招き入れたことを咎《とが》められるのは当然だ。

うつむいた春日は、見るからにしょんぼりした顔になっていたのかもしれない。

「ほら、お菓子を食べるんだろ」

そんなふうに咲夜に促されて、パッと顔を上げる。

目を合わせた咲夜は、「どうやって食べるものなんだ？」と箱を指差したから、気を取り直して卵色のお菓子に手を伸《の》ばした。

真田に倣《なら》い、左右の手でふわふわのお菓子を二つに割る。

「真田さんは、こうやって千切ればいい……って。ビックリするくらいふわふわだから、簡単に分けられるんだ」

「行儀《ぎょうぎ》が悪いな」

手摑《てづか》みをした春日に、咲夜は渋《しぶ》い顔で想像通りの苦言を口にしたけれど、春日が差し出した左手のお菓子を受け取ってくれた。

「美味しいねっ。和蘭から来た料理人が作ったんだって。初めて食べた」

一口齧《かじ》って笑いかけた春日に、同じように口に入れた咲夜が「えらく甘いな」と苦笑《くしょう》しつつ相槌《あいづち》を打ってくれる。

「そんなに気に入ったのなら、どこで手に入れられるのか聞いておいてやる」

「本当？　嬉《うれ》しい」

お菓子で機《き》嫌《げん》を直すなど、やはり子どもだと思われたかもしれない。

でも、今は……春日がお菓子を口にして笑うことで咲夜の纏《まと》う空気から刺《とげ》が抜《ぬ》け落ちたのだから、それでいい。

《五》

車が走る小道の両脇《りょうわき》には見事な枝ぶりの大きな松が並び、その向こうには池らしきものまで見える。

「……公園みたい」

キョロキョロと車窓から景色を眺《なが》める春日は、まるで公園だとつぶやいた。小さな独り言は、エンジン音に掻《か》き消されることなく運転席の咲夜の耳に届いたようだ。

「既《すで》に敷地《しきち》内だ。西園寺《さいおんじ》家は、日本でも指折りの名家だからな」

「すごい」

咲夜の言葉に、感嘆《かんたん》の息をつくしかない。

少し前に門番の立つ門扉《もんぴ》をくぐったのだから、敷地内だという咲夜の言葉は事実だとわかるけれど、それにしても広大な土地だ。小道の終着点に見えてきた瓦《かわら》屋根の建物も、屋敷《やしき》というよりまるで城だった。

一言零《こぼ》したきり言葉のない春日に、ここまでの道中は無言だった咲夜が話しかけてくる。

「どうやら、寝込《ねこ》んでいるのはここの子息らしい。西洋医学に通じた医者にも診せたそうだが、一向に回復しないということで俺に声がかかった」

　真田を始め、複数の仲介《ちゅうかい》者を経て咲夜に助けを求めた病人は、予想していたより遥《はる》かに上流階級に位置する人物らしい。

　咲夜はまったく緊張していない様子なのに、春日のほうがドキドキしてきた。

「咲夜の薬は西洋医学よりずっと効くから、治ったら驚《おどろ》かれるね」

　診察のために必要な道具や、あらゆる病状を想定した数種類の薬草が詰《つ》まった黒い鞄《かばん》を強く胸元《むなもと》に抱《かか》えてそう言った春日に、ハンドルを握《にぎ》る咲夜は苦笑を浮《う》かべる。

「さぁな。まずは病状を確認してみないことには、なんとも言えないが」

　誰《だれ》が相手だろうと、咲夜にとっては『患者《かんじゃ》』という括《くく》りでしかないようだ。淡々《たんたん》とした言葉から、過剰《かじょう》な気負いは一切《いっさい》感じられない。

　だから春日も、肩《かた》に入っていた余計な力を深呼吸と共に抜いて、窓に向けていた上半身を正面へと戻《もど》した。

　小道の終点、車寄せに停車すると同時に、玄関扉《げんかんとびら》が開いて男性が出てくる。

「五條様ですか。こちらで雑務を任されています、有原《ありはら》と申します」

　運転席脇《わき》の窓越《ご》しにそう名乗った青年は、咲夜よりいくつか若そうな大男だ。着物から覗《のぞ》く首の太さや手の大きさから、屈強《くっきょう》な肢《し》体《たい》であることが容易に想像できる。街中で出くわしたら怯《ひる》みそうな迫力《はくりょく》があるけれど、咲夜は普《ふ》段《だん》と変わりなく落ち着いた声で返した。

「そうだが」

「お待ちしておりました。お車はそのままにしていただいて結構ですので、どうぞこちらへ。ご案内いたします」

そう言って丁寧《ていねい》に腰を折ると、運転席から降りた咲夜に続いて助手席から姿を現した春日に、チラリと視線を向けてくる。

目が合った瞬間《しゅんかん》、有原はなにかに驚いたような表情を浮かべて頬《ほお》を強張《こわば》らせた。春日が軽く頭を下げると、ハッとした様子で瞬《まばた》きをして咲夜へと顔を向ける。

一人ではないのか、と問うものだ。

言葉はなくとも、その視線の意味するものを察したのだろう。春日が挨拶《あいさつ》をするより早く、咲夜が口を開いた。

「助手だ。彼の下支えがなければ成り立たん」

「そう……ですか」

こんな子どもが？　という不安だろうか。もの言いたげな視線が、チラチラと投げつけられる。

それでも、有原にとって最も重要なのは、咲夜を床《とこ》に臥《ふ》せている人物のもとへ案内することに違《ちが》いない。

「では、どうぞご一緒に」

春日の同伴《どうはん》をあっさりと許可して、屋内へと促《うなが》した。

咲夜を待つ人物は、十畳《じょう》はあるだろう広い畳《たたみ》の間で、見るからに品質の高そうな分厚い布団《ふとん》に寝かされていた。

意識が朦朧《もうろう》としているのか、眠《ねむ》っているだけなのか……目を閉じているので正確にはわからないが、咲夜より二つか三つは年下だろう。

少し離《はな》れたところに控《ひか》えている春日にも、血の気の乏《とぼ》しい青白い顔色が見て取れる。

「薬師《くすし》様がいらっしゃいました」

枕元《まくらもと》に膝《ひざ》をついた有原が声をかけると、眠っていたわけではないらしくゆっくりと瞼《まぶた》が開かれる。

「いくつか質問をさせてください」

問診《もんしん》のために咲夜が青年を覗き込んだことで、春日には彼の様子を窺《うかが》うことができなくなった。

「お名前は」

「西園寺……春海《はるみ》です」

張りのない小さな声だけれど、春日の耳にまで届く凛《りん》とした響《ひび》きだ。うなずいた咲夜が、質問を続けた。

「体調に異変が生じたのは、いつ頃《ごろ》からですか」

「二月《ふたつき》ほど前……でしょうか」

「最も不調を感じておられるのは、どのあたりですか」

「心臓か……肺か。日々、少しずつ胸のあたりが重くなり……この十日ほどは、起き上がるだけで息が切れる始末です」

小声で、途切《とぎ》れ途切れで……話すのも苦しそうだけれど、語る内容はきちんと筋が通っていて、意識には問題がないようだ。

咲夜の母親も、心臓を病《や》んでいた。幼い頃《ころ》に亡《な》くなったので多くは記憶《きおく》に留《とど》めていないが、抱《だ》き上げてくれた時の温かかった手と「春日さん」と呼びかけてくれた時の声が優《やさ》しかったことは憶《おぼ》えている。

「少し触《ふ》れてもよろしいですか」

「……はい」

「口を開けて……舌を出して」

返事を確かめて手を伸《の》ばした咲夜が、春海と名乗った青年の目元に指先で触れる。

目の粘膜《ねんまく》と、舌の色や状態を確認するための診察行為《こうい》だ……とわかっている。なのに、咲夜が儚《はかな》げな青年を真剣《しんけん》な目で見つめる姿を目にすると、胸の奥からもやもやとした奇妙《きみょう》な思いが湧《わ》いてきた。

変な気分だ。咲夜と青年を、見ていたくない。でも、……どうして？

わずかに眉根《まゆね》を寄せた春日は、うつむいて畳の目を見詰《みつ》めながら奥歯を噛《か》み締《し》めた。

「次は、胸の音を聞かせてください。……春日」

「あっ、は……はい」

咲夜に名前を呼ばれたことで、ハッと顔を上げる。

こちらに身体《からだ》を捻《ひね》っている咲夜と目が合い、慌《あわ》てて膝に置いていた鞄から胸の音を聞くための道具を取り出して手《て》渡《わた》した。

「ごめんなさい」

なにをしているのだろう。診察中にぼんやりするなど、助手失格だ。

咲夜の役に立ちたい、手助けがしたい……と我儘《わがまま》を言って同行させてもらっているのに、これでは面目《めんぼく》が立たない。

自己嫌悪《けんお》のあまり唇《くちびる》を噛んで手を握る春日をよそに、咲夜は普段と変わらず、ひと通りの診察を終えたようだ。

「心臓の動きが、少し弱くなっているようです。今日のところは、心臓の働きを手助けする効果のある薬草を置いて行きます。一包みを朝昼晩の三度に分けて熱い湯で淹《い》れて、茶碗《ちゃわん》に一杯《ぱい》の量を飲んでください」

今度は、鞄ごと咲夜に渡す。

薄《うす》い紙に包まれた調合済みの薬草は数種類あり、咲夜が彼に合うと判断したものがどれなのか春日にはわからない。

枕元に薬草の包みを五つ置いた咲夜は、「本日はこれで」と横たわる春海を見下ろした。

「春海さんの症状《しょうじょう》に合わせたものを調合して、改めて最適な薬草をお持ちします。心配はいりません。お若いことですし、すぐによくなるとお約束します」

「……ありがとうございます」

咲夜がすぐによくなると言い切ったからか、答える春海の声には安堵《あんど》が滲《にじ》んでいる。

畳についていた膝を浮かせた咲夜に続き、春日も正座していた畳から立ち上がった。部屋に入った時と同じく、有原に先導されて廊下《ろうか》に出る。

使用人がたくさんいるはずの大きな屋敷《やしき》なのに、不思議なくらい静かだ。来る時も帰りも、長い廊下を歩くあいだに誰一人としてすれ違うことがない。

有原と共に玄関を出ると、咲夜に向き直った彼が突如《とつじょ》深く頭を下げた。

「五条様、ありがとうございます。気休めだとしても、春海様がよくなると仰《おっしゃ》ってくださって……。どのお医者様にも首を捻られて気落ちされるばかりでしたので、久しぶりに春海様が微笑《ほほえ》まれて……それだけで、っ」

「俺は、その場しのぎの気休めなど口にしない。薬師としての矜持《きょうじ》がある」

「あ、ありがとうございます。春海様は、本当に回復されるんですね」

大きな身体を縮めて涙《なみだ》を流さんばかりに感激する有原は、仕える主人のことを心底慕《した》っているようだ。

「一週間後に、また来ます。それまで、私がお渡ししたもの以外の薬を春海さんが口にされないよう、気をつけて見ていてください。誰《だれ》に、どれほど効果があると言われても……」

「あ……は、はい」

「厨房《ちゅうぼう》にも、給仕《きゅうじ》にも目を配られますよう」

「……承知しております」

咲夜の言葉に、有原は真剣な表情で何度もうなずいて、最後にもう一度深く頭を下げた。

車寄せに停《と》めたままだった車に乗り込む咲夜を見送り、春日のために助手席の扉《とびら》を開けてくれる。

「あ……ご丁寧《ていねい》に、ありがとうございます」

大きな有原を見上げてお礼を言い、ペコリと頭を下げて座席に腰《こし》を下ろした。

扉を閉めた有原は、窓の向こうから春日に「あの」となにか言いかけて運転席を見遣《みや》り、唇を引き結ぶ。

言いかけたことを、呑《の》み込んだ？　咲夜が、なにか？

不思議に思った春日が運転席を振《ふ》り向いたと同時に、エンジンが始動する。足を引いて車から離れた有原は、最後まで丁寧に頭を下げて咲夜と春日を送り出した。

来た道を戻《もど》って庭を抜《ぬ》け、門扉《もんぴ》をくぐって西園寺家の敷地《しきち》を出る。そのあいだ、咲夜は無言で正面を見据《みす》えていた。

診察帰りの咲夜が無駄《むだ》にしゃべらないのは、いつものことだ。患者《かんじゃ》の症状に合わせて、どの薬草を使用するべきか考えているのだろうと、邪魔《じゃま》をしたくない春日は無闇《むやみ》に話しかけたりしない。

でも、別れ際《ぎわ》に交《か》わした有原との会話がやけに引っかかっていて、疑問が頭の中をぐるぐると駆《か》け巡《めぐ》っている。

特に最後のほうは、なんだか不穏《ふおん》な内容だったように思う。

まるで、あの青年……西園寺春海に悪意を持つ誰かが、食事に毒を忍《しの》ばせようとしているとでも暗に匂《にお》わせていたような。

「春日」

「はいっ？」

無言で考え込んでいると、不意に名前を呼びかけられた。

ビクッと肩《かた》を震《ふる》わせた春日は、運転席の咲夜に目を向ける。

「明日は、朝から山に行く。必要な薬草が手元にない」

咲夜は、そこで言葉を切る。

だから春日はついてくるなとも、一緒《いっしょ》に来て手伝えとも言わない。けれど、春日が返す言葉は決まっていた。

「僕も、一緒に行く！　薬草の採取には、人手があったほうがいいよね？　荷物持ちもできるし」

もし、邪魔だと言われてもついて行くから……と、咲夜の横顔を見据える目に決意を込める。

春日の懸命《けんめい》な思いは、声だけでなく視線からも伝わったようだ。

「……そう言い出すと思っていた」

咲夜は、最初から春日を置いて行くことは諦《あきら》めていたとでも言いたそうにつぶやいて、苦笑《くしょう》を滲ませる。

春日の同行を歓迎《かんげい》するわけではなく、仕方なくといった空気ではあるが、駄目《だめ》とは言われなかった。

「泊《と》まりになるよね。帰ったら、すぐに準備するから。珠子さんが戻ってきてくれていて、よかった。留守番をお願いして、心配なく出かけられる」

そう口にした春日に無言なのは、肯定《こうてい》の意味だろう。

沈黙《ちんもく》を前向きに捉《とら》えた春日は、久しぶりに山の家を訪《おとず》れる喜びを顔に出さないよう、意識して表情を引き締めた。

遊びに行くわけではない。薬草を採取するため……という理由だ。それも、深刻そうな症状に苦しむ春海のために。

浮《う》かれてはいけないと自分に言い聞かせて、黒い鞄《かばん》をギュッと抱《だ》き締めた。

□□□

車で乗り入れることのできる道は、山の中腹までだ。そこからは起伏《きふく》のある険しい山道となり、二時間近く歩かなければならない。

それでも、一年半ほど前に咲夜が車を入手して運転するようになったおかげで、街の屋敷から山の家までかかる時間は半分近くにまで短縮された。山で採取した薬草などを運ぶのも、馬車や電車を乗り継《つ》いでいた頃《ころ》よりも遥《はる》かに楽になった。

「着いた！　まずは、寝具《しんぐ》を干しておくね」

見慣れた山の小屋が見えてくると、春日の足の運びが速くなる。咲夜に言い残すと、山道の終点にある大きな石を乗り越《こ》え、外観からは人が住んでいるように見えない古びた小屋へ駆け寄った。

南京錠《なんきんじょう》を解き、ガタガタと軋《きし》む扉を開く。薄暗《うすぐら》い小屋は、前回訪れた半月ほど前と変わりなく春日を迎《むか》えた。

肩にかけていた布の鞄を下ろした春日は、咲夜に宣言した通り、寝具と座布団《ざぶとん》を抱《かか》えて外に出る。

お天気がよくて、幸いだった。春の日差しは暖かく、数時間で湿気《しっけ》が飛ぶだろう。

「人に入られた形跡《けいせき》がないか、確認《かくにん》しろ」

「あっ、うん」

追いついてきた咲夜に促《うなが》されて、庭の縁台《えんだい》に寝具を広げていた春日は小屋に駆け込む。

山に迷った人が目にしたところで、金品の類《たぐい》などない無人の朽《く》ちかけた小屋にしか見えないはずだ。

それでも、乾燥途中《かんそうとちゅう》の薬草や祖父母と暮らしていた頃の生活用品を残してあるのだから、万が一荒《あ》らされていては困る。

木製の窓を開けると、明るい日光が差し込む。埃《ほこり》が舞《ま》う屋内には、誰かが立ち入ったような異変は見当たらない。

「大丈夫《だいじょうぶ》そう」

「ならいい。……裏の山に行ってくる」

入り口に立っていた咲夜は、肩に担《かつ》いでいた鞄を玄関に下ろして大きな籠《かご》を手にする。靴《くつ》も脱《ぬ》ぐことなく踵《きびす》を返して、外に出て行った。

「えっ、休憩《きゅうけい》もせずに？　ちょ……と待って、僕も一緒に行く！」

慌《あわ》てて咲夜の後を追いかけようとした春日だったが、数歩引き返して土間に置いてある竹製の水筒《すいとう》を摑《つか》み、扉を出た。

薬草の群生地までは、少し歩かなければならない。途中にある湧水《ゆうすい》を汲《く》んで、咲夜に喉《のど》を潤《うるお》してもらおう。


「ジギタリスの葉に、馬銭《マチン》の種も。あとは？」

「夾竹桃《きょうちくとう》」

淡《あわ》いランプの光の中、屋敷《やしき》に持ち帰るものの選別をする。春日は咲夜の指示に従い、鍵《かぎ》をかけた木箱を開けて麻袋《あさぶくろ》に保存してある種子を取り出した。

開花時期や種子が採取できる期間が限られている草花も多いので、乾燥させたものを保管してあるのだ。

ほとんどを採取と同時に咲夜の屋敷にある作業部屋へと移してあるが、持ち切れなかったものや乾燥させて嵩《かさ》を減らしたほうが効率よく持ち運べるものは小屋に残している。

咲夜に言われたものを少しずつ紙に包み、麻袋を木箱に戻した。

「咲夜、あの人……西園寺春海さんは、ただの病ではなさそう？」

右手のひらに載《の》せた白い紙包みをそっと握《にぎ》り、咲夜を振り返る。

採取したばかりの葉を蠟燭《ろうそく》の火に翳《かざ》して焙《あぶ》っていた咲夜は、チラリと春日に視線を向けて聞き返してきた。

「……気になるか？」

普段《ふだん》の春日は、咲夜の患者について詮索《せんさく》するような真似《まね》をしない。余計な口を挟《はさ》まず、必要な下支えをすることだけに徹《てっ》している。

でも、青白い顔色をした青年の横顔が目に焼きついていて、薬草を採取している最中も時おり思い浮かべた。

「だって、帰り際に大きい人……有原さんだっけ？　と、意味深なやり取りをしていたし。あんなに立派なお屋敷《やしき》に住んでいる、貴族の人なのに……」

右手を開いて、白い紙包みを見下ろす。

春日の手にあるこれらは、有毒植物と呼ばれるものばかりだった。

使用方法や配合する量によって、心臓を強くすることも、逆に機能を止めてしまうことさえ可能だ。

あの青年の心臓を弱くしている原因は、ただの病というわけではなさそうで……。

うつむいた春日に、咲夜は手を止めることなく静かに答えた。

「貴族だから、ということもある。おまえもなんとなく察しているとは思うが、貴族階級の人間関係は厄介《やっかい》なものだ。身内でさえ……いや、身内であることが理由で、時と場合によっては敵となる」

「そう……かもしれないけど」

咲夜の助手見習いとして、助けを求める人のお屋敷を回るようになってから知ったことが、いくつかある。

なに不自由なく生活をしているように見える貴族階級の人でも、身内の情に恵《めぐ》まれないことがある。

莫大《ばくだい》な資産を巡《めぐ》っていがみ合い、一つ屋根の下で生活する親子や兄弟でも信用することができずに暗殺を恐《おそ》れ……体調不良の兆候もないのに日常的に毒消しの作用があるお茶を飲んで、警戒《けいかい》している人までいた。

「悲しい……淋《さび》しい、かな。僕にはわからないから、うまく言えない」

育ててくれた祖父母は、厳しくもあったけれど温かな愛情で春日を包んでくれた。二人が鬼《き》籍《せき》に入り、独りになりそうだった春日を呼び寄せてくれた咲夜も、血の繋《つな》がりはなくても想《おも》いやってくれている。

なにより、春日は咲夜を心から信用していて……それがどれほど幸せなことなのか、改めて感じる。

「俺が、おまえを育てた真意はどこにあるのか……疑わないのか？」

そんな一言に、「え？」と目をしばたたかせた。

身寄りのなくなった春日を、咲夜が育ててくれたことの真意など、考えたこともなかった。

「真意？　そんなの、どうでもいい。僕は咲夜と一緒《いっしょ》にいられて嬉《うれ》しいし、疑う理由なんかないよ」

こうして春日が十七歳まで成長して、咲夜と共にいられる。それだけが事実であり、春日にとってはすべてだ。

迷わず答えた春日に、咲夜は手に持っていた小枝を床《ゆか》に置いた。

「自分好みに育てて、囲おうと……不埒《ふらち》なことを考えていたら、どうする？」

蠟燭の火に照らし出された咲夜に表情はなく、なにを思ってそんなことを口にしたのか春日に読み取らせてくれない。

だから、手に持っていた紙包みを置いた春日は、床に膝《ひざ》をついて咲夜のすぐ傍《そば》まで距離《きょり》を詰《つ》める。

こうして手の届くところにいれば、咲夜のわずかな表情の変化も声の揺《ゆ》らぎでも、感じ取ることができるはずだ。

「僕が、きちんと咲夜の好み通りに育っているか、心配なだけ。咲夜の傍にいられるんだったら、なんでもいい」

ジッと咲夜の顔を見上げて、どうする？　の問いに答えた。

その直後、こちらに顔を向けた咲夜が春日の頭を両手で挟み込み、鋭《するど》い目で見下ろしてくる。

「軽々しくそんなふうに言うな。おまえは、まだ子どもだ。囲うことの意味が、わかっていないだろう」

「子どもじゃない。わかるよ」

射貫《いぬ》くような視線から逃《に》げることなく、真っ直《す》ぐに見詰《みつ》め返して口にする。

咲夜の動きが空気中を伝わったのか、橙色《だいだいいろ》の炎《ほのお》が揺らいでいる。もともと色素の淡い咲夜の瞳《ひとみ》が、金色の光を放っているみたいだ。

艶《つや》やかな黒い毛に覆《おお》われた耳は、光の加減か銭形《ぜにがた》の模様が浮《う》かんでいるように見えて綺麗《きれい》だった。

「僕ね、あの夜に咲夜が触《ふ》れてくれたことを思い出すたびに身体《からだ》が熱くなって、何度か自分で触《さわ》ってみた」

「…………」

春日の言葉に、咲夜はほんのわずかに目を瞠《みは》った。

至近距離でなければわからなかったかもしれない微《かす》かな動きだったけれど、春日が咲夜の表情の変化を見逃《みのが》すわけがない。

「でも、咲夜の手じゃないと気持ちよくない。咲夜が、ずっとずっと好きだから、咲夜じゃないと駄目《だめ》なんだ」

「気の迷いだ。強烈《きょうれつ》な体験に心身が驚《おどろ》いて、そう思い込んでいるだけだろう」

即座《そくざ》に否定する言葉に、もどかしく首を横に振《ふ》る。

どうすれば、咲夜にわかってもらえるのだろう。春日は、物心ついた頃《ころ》には咲夜が好きで、咲夜しか見ていないのに……。

ゆっくりと右手を上げて、頭を挟み込んでいる咲夜の左手に重ねる。ピクリと震《ふる》えただけで、咲夜は手を引こうとしない。

「大きくて、あったかい……この手が好き」

ぽつりと口にすると、触れていた手の甲《こう》から手首に移動する。咲夜が動かないことに勇気を得て、獣毛《じゅうもう》に覆われた耳をそっと指の腹で撫《な》でた。

それでも咲夜は動かない。だから、少し硬《かた》い毛に指先を埋《うず》めて唇《くちびる》に微笑《びしょう》を浮かべた。

「この、耳も好き。格好よくて、綺麗で……あんまり触らせてくれないけど、すべすべの尻尾《しっぽ》も好き。咲夜が、大好き」

一生懸命《いっしょうけんめい》に『好き』を伝える。

また、子どもの好きだと言われるだろうか。確かに春日は咲夜のことを子どもの頃から好きだけれど、もっと大きくなっている。

　小さな苗《なえ》が大きな樹《き》へと育つように、『好き』の積み重ねを形にすることができるのなら、咲夜にもわかってもらえるかもしれないのに……言葉だけでは難しい。

「そう……思い込んでいるだけだろう」

　頑《かたく》なに春日の『好き』を信じてくれない咲夜は、頑固《がんこ》だ。

　こうなれば、取って置きの約束を思い出してもらうしかない。

「違《ちが》う。咲夜、奥様が亡《な》くなった時に約束したこと、憶《おぼ》えてない？　僕、大きくなったら咲夜をお嫁《よめ》さんにして、ずっと一緒にいる……って言ったよね。誓《ちか》いも交《か》わしたのに、忘れちゃった？」

　春日の胸に大切にしまっておいた、遠い日の誓いだ。

　本当は、もっとたくさん勉強して、咲夜の役に立つことができるようになってから改めて口にしようと思っていた。

　約束通り、お嫁さんになってずっと一緒にいてください……と。

　これなら、頑固な咲夜の心も動かせるかと期待していたのに、少しだけ眉根《まゆね》を寄せて耳に触れていた春日の手を下ろさせる。

「……よく憶えていたな。だが、あんなのは子どものままごとだろう」

　忘れているふりをされるかもしれない、という懸念《けねん》は払拭《ふっしょく》された。でも、憶えているのに否定されるほうが苦しい。胸の奥が、ズキズキと鈍《にぶ》い痛みを訴《うった》えている。

「だいたい、俺が春日の嫁にはなれん」

感情の窺《うかが》えない調子でそれだけ口にして、ふっと息をついた咲夜に、「だったら」と違う提案をしてみる。

「咲夜がお嫁さんになるのが嫌《いや》なら、僕が咲夜のお嫁さんになるから」

「そういう問題じゃない。……もう寝《ね》ろ。明日の朝は早いぞ。日が出ているうちに、屋敷《やしき》に帰り着きたい」

宥《なだ》める仕草でポンポンと春日の頭を軽く撫でて、これで終わりだとばかりに手を引いてしまった。

やはり、子ども扱《あつか》いだ。春日がどれほど一生懸命に訴えても、咲夜には跳《は》ね返されてしまう。

唇を噛《か》んで咲夜の尻尾を見詰めていたけれど、咲夜が話を終わらせたいのなら食い下がっても疎《うと》ましがられるだけだ。

「咲夜は？　まだ寝ないの？」

「俺は、採ってきた薬草の仕分けと片付けをしてからだ。気にせず先に寝ろ」

「……うん」

手元に置いた薬草の束を見ながら口にする咲夜は、もう春日と目を合わせてもくれない。

仕方なくうなずいて、ランプの明かりを消す。床を這《は》って移動すると、部屋の隅《すみ》に並べて敷《し》いた布団《ふとん》の一つに潜《もぐ》り込んだ。

身体を横たえて鼻の下まで掛《か》け布団を引き上げ、こっそりと咲夜の姿を目に映す。

蠟燭《ろうそく》の光に照らされて、黒い影《かげ》が壁《かべ》に浮かんでいる。春日にはない長い尻尾が床に伸《の》びていて、今なら遠慮《えんりょ》なく見ることができる。

咲夜本人から聞いたことはないけれど、混合種であることは上流階級において不利に働くこともあったに違いない。噂話《うわさばなし》に耳を傾《かたむ》けようと意識しなくても、「混合種なのに」とか「本来なら男爵《だんしゃく》の爵位など分不相応な」という声が聞こえてくるのだ。

それでも咲夜は、感情的になって反論することも卑屈《ひくつ》になることもなく、堂々と振る舞《ま》っている。

なにより、咲夜より腕《うで》の立つ薬師《くすし》はいないのだから、陰口《かげぐち》を叩《たた》いていた人たちも不調に悩《なや》まされれば咲夜に頭を下げなければならないのだ。

咲夜が一番、凛々《りり》しくて綺麗で、格好いい。

街で暮らすようになって、純人《じゅんじん》にも混合種にもたくさん出逢《であ》ったけれど、春日にとっては昔も今も咲夜が一番だ。

春日の『好き』が伝わるのは、いつだろう。

あの様子では、真田が言ったように寝床《ねどこ》に忍《しの》び込んでも「怖《こわ》い夢でも見たか」と子ども扱いされて終わりそうだけれど……。

「咲夜の馬鹿《ばか》。わからず屋」

布団の中で、咲夜に聞こえないようこっそりとつぶやく。

でも……好き。

咲夜の気配を感じながら、うとうと眠《ねむ》りに落ちるのはなによりも幸せで、安心する。

心地《ここち》よい微睡《まどろ》みの中、咲夜の手にそっと髪《かみ》に触れられたように感じる。

「……春日」

愛《いと》しさの込められたすごく優《やさ》しい声で名前を呼ばれたのは、願望が見せた夢の中での出来事だろうか。

スッと落ちた眠りの中、満開の菜の花畑で咲夜と誓いを交わす夢を見た。

『咲夜と、ずっと一緒《いっしょ》にいたい。もっと役に立てるように頑張《がんば》るから、お嫁さんになってくれる？』

『そうだな。ずっと一緒だ』

過去を回想するものではなく、現在の咲夜と春日の姿で……夢の中の咲夜は、春日が差し出した菜の花の花束を笑って受け止めてくれる。

ギュッと腕の中に抱《だ》き締《し》められて、背中に手を回そうとしたところで目が覚めた。

曙《あけぼの》の薄明《うすあ》かりの中、こちらに背中を向けて眠る咲夜の姿が視界に入り、夢だったのか……と落胆《らくたん》する。

背中に向かって「こっちを向いて」と念じた直後、咲夜が寝返りを打った。

偶然《ぐうぜん》だとしても嬉《うれ》しくて、寝ている時なら願いを叶《かな》えてくれるのかと切なくなる。

この『好き』が咲夜に通じるまで何度でも伝えようと心に決め、目を閉じていても端整《たんせい》な、昔から変わらず大好きな顔を見詰《みつ》めた。

《六》

咲夜と春日が改めて西園寺の屋敷を訪《おとず》れたのは、初回に訪れた際の帰りがけに予告した通り、一週間後だった。

車寄せで有原に出迎《でむか》えられたのは同じだが、人の気配がなかった前回とは違う。春海の部屋に向かって廊下《ろうか》を歩くあいだに、使用人らしき数人とすれ違う。耳を澄《す》まさなくても、廊下の奥からは誰《だれ》かの話し声が聞こえてきた。

「どうぞ」

襖《ふすま》を開いた有原は、咲夜と春日が部屋に入ると同時にピタリと閉める。声を潜《ひそ》めて、前回と異なる空気の理由を口にした。

「人払《ひとばら》いをしておくはずだったのですが、夜まで不在の予定だった春海様の兄上が、急遽《きゅうきょ》帰宅されまして……。その、利春《としはる》様は混合種の方をあまりよく思われていないので、バッタリ遭遇《そうぐう》すると失礼な言葉を投げかけられるかもしれませんが」

言いづらそうだったのは、春海の兄という人と顔を合わせてしまったら、咲夜に対して失礼な態度を取る可能性があるせいだったらしい。

「お気になさらず。誰がいようが、関係ない。まぁ……患者《かんじゃ》本人が不在だと少し困るが」

淡々《たんたん》と答えた咲夜に表情はなかったけれど、珍《めずら》しく冗談《じょうだん》らしき一言を付け加える。その言葉を聞いた有原は、ホッとしたように頬《ほお》の強張《こわば》りを解いて身体《からだ》の向きを変えた。

「春海様。五條様がいらっしゃいました」

部屋の奥に向かって呼びかけた有原に、落ち着いた青年の声が答える。

「お待ちしていました。ご足労いただき、ありがとうございます」

声は弱い響《ひび》きだが、途切《とぎ》れ途切れで消え入りそうだった前回よりも、ずっと生気を感じる。

その違《ちが》いに驚《おどろ》いた春日は、咲夜の身体の脇《わき》から顔を覗《のぞ》かせて、布団が敷かれている奥を見遣《みや》った。

布団に横たわっていると思っていた青年は、上半身を起こしてこちらを見ていた。

不意に視線が絡《から》み、失礼なことをしてしまった……と慌《あわ》てた春日は、そそくさと咲夜の背後に身を隠《かく》す。

「調子はいかがですか」

布団の脇に座りながら話しかけた咲夜に、春海が答える。

「とてもいいです。身体が軽くて……すっかり治った気分です。今なら、木登りもできてしまいそうです」

軽《かろ》やかな口調は、本人が言う通りずいぶんと回復しているようだ。咲夜の薬湯はやはりすごいと、春日の唇《くちびる》に自然と笑《え》みが浮《う》かぶ。

「まだ完治したわけではないでしょうから、油断なさらないように。少し、触《ふ》れさせていただいても？」

「はい」

　咲夜の問いにうなずいた春海に手を伸《の》ばし、頬に触れる。目の粘膜《ねんまく》と、舌の色を確かめ……胸の音を聞くためか、咲夜の手が春海の着ている浅葱《あさぎ》色《いろ》の寝間着の襟元《えりもと》を広げるのが見えて、そっと視線を畳《たたみ》に落とした。

　必要な診察行為《しんさつこうい》だ。誰に対しても行うことなのに、咲夜の手が優しく春海に触れるのを目にすると、もやもやした気分になる。

　あの手に触れられるのは、自分だけであって欲しい……なんて、利己的で勝手な、恥《は》ずかしい独占欲《どくせんよく》だ。

「先日の薬湯と、同じものをお渡《わた》しします。もう一月《ひとつき》くらいは、こちらを飲んでください。あと……これは、緊急《きんきゅう》用ですが」

　咲夜の声が硬《かた》くなり、初めて緊迫《きんぱく》した雰囲気《ふんいき》を漂《ただよ》わせた。室内の空気まで変わったように感じ、春日も表情を引き締めて膝《ひざ》に置いてある黒い鞄《かばん》を探《さぐ》る。

　まずは、先日の薬湯と同じものと咲夜が口にした、林檎《りんご》くらいの大きさの包みを。

春海の枕元《まくらもと》にその包みを置いた咲夜に視線で促《うなが》されて、手のひらに握《にぎ》り込むことのできる小さな鼠色《ねずみいろ》の薬包を指先で摘《つ》まんだ。

咲夜に手渡《てわた》して、ホッと肩《かた》の力を抜《ぬ》く。

様々な効能の薬草や種子に触れてきた春日も、あの薬包の内容を知っているがために緊張で指先が強張った。

咲夜は、角砂糖でも手にしているように平然と手のひらに載《の》せ、春海と……布団《ふとん》を挟《はさ》んだ向こう側に膝をついている有原のあいだに、視線を往復させる。

「なにもないのが一番いいでしょうが、万が一、不測の事態が起きた際に使用してください。動きを止めた心臓を、強制的に動かすことが可能になるものです。ただし、有効なのは停止してから三分以内に摂取《せっしゅ》した場合のみだと、憶《おぼ》えていてください」

咲夜の声は、普段《ふだん》と変わらず落ち着いたものだ。それでも、言葉を聞いていた春海と有原の顔が強張ったことは、春日にもわかった。

「もう一つ。これが一番重要です」

黙《だま》り込んでいる二人に構わず言葉を続けた咲夜に、緊張を漂わせた春海は、ようやく微《かす》かな声で「はい」と答える。

「心臓の動きを呼び戻《もど》すための量は、耳かきに半分です。それ以上を口にすれば、真逆の効果が現れるものと思ってください。ここにあるのは、予備を含《ふく》む二回分ですので、決して量を誤らないようお気をつけて」

「……わかりました」

手を伸ばした春海は、咲夜から小さな薬包を受け取ってギュッと握り締める。

咲夜の薬は優《すぐ》れたものばかりだけれど、時として劇薬にもなる。生かすも殺すも紙一重《かみひとえ》の恐《おそ》ろしい配合は、取り扱《あつか》いに十分な注意が必要だ。それだけに薬効は確実で、他《ほか》の薬師《くすし》は誰も真似《まね》することができない。

春日から見れば物騒《ぶっそう》な配合の薬包を、春海はお守りのように手の中に握っている。この一幕だけでも、彼の置かれた立場を想像することができた。

自分の家なのに、誰かわからない相手から命を脅《おびや》かされるなど……ゆっくり眠《ねむ》る間もないのでは。

立派なお屋敷《やしき》に住む貴族なのに、幸せそうに見えなくて胸が痛い。

「その薬湯を飲み終えれば、回復と思っていただいてもいいでしょう。またなにかございましたら、遠慮《えんりょ》なくご連絡《れんらく》ください」

そう言い置いた咲夜が立ち上がりかけたのとほぼ同時に、春日の背後にある襖が唐突《とうとつ》に開かれる。

廊下の冷たい空気が、一気に流れ込んできたことに驚いた春日は、ビクッと肩を震《ふる》わせて振《ふ》り向いた。

「おや、来客でしたか。失礼を。……臥《ふ》せっている弟を訪ねてくるなど、どなたかと思えば…

…黒猫《くろねこ》の混合種の、薬師殿《どの》ではないですか」

襖を無遠慮《ぶえんりょ》に開放した人物は、四十に手が届くかどうかという年齢《ねんれい》の、身なりのいい紳士《しんし》だ。春海を弟と呼んだことからしても、有原の言っていた『混合種をよく思っていない兄の利春』だということが察せられる。

　来客があるとは思わず、不注意で襖を開けたという口振りだったが、後半の言葉からは予想がついていながら乗り込んできたようにしか思えない。

「私の紹介《しょうかい》した、西洋医学の医師は気に入らなかったか」

「……とんでもございません。ただ、腕《うで》が立つと評判の五條様にも念のため診《み》ていただくといいのではと、友人に提案されまして」

　小声で反論した春海は、兄に対して見るからに恐縮《きょうしゅく》している。

　利春に睨《にら》みつけられた有原には発言権さえないらしく、唇を引き結んだまま気まずそうに目を伏《ふ》せていた。

「薬をいただいたのか。ならば、報酬《ほうしゅう》をお支《し》払《はら》いしなければならないな。西園寺家の人間のことだ。私からお渡ししよう。どうぞ、応接室へ」

　人の上に立つことに慣れを感じる、尊大な物言いだ。彼を見上げる咲夜は、なにを思っているのか……見事なまでに無表情で、推測できない。

　チラリと春日を見下ろしてきた利春に、息を詰《つ》めた。凄《すさ》まじいまでの威圧感《いあっかん》に、呑《の》み込まれそうだ。

「最近になって、薬師殿は助手の少年を伴《ともな》っていると聞いてはいましたが、……なるほど。無論、こちらもご一緒《いっしょ》に」

「では……お言葉に甘えて」

ようやく口を開いた咲夜が、春日に目配せをする。それが合図となり、詰めていた息を吐《は》き出した。

チラリと見遣った春海は、不安と心配をごちゃ混ぜにした目で春日を見ている。

どうして、泣きそうな顔をしているのか……尋《たず》ねることのできる空気ではなくて、後ろ髪《がみ》を引かれながら春海の部屋を出た。

疚《やま》しいことはなにもない、咲夜は、病人を助けるためにやって来たのだ。

そう自分に言い聞かせて動悸《どうき》を落ち着かせようとしても、ピリピリと肌《はだ》を突《つ》き刺《さ》す鋭《するど》い視線に晒《さら》されると、息苦しさが増すばかりだ。

促されるままに応接室へ移動した咲夜は、なにを考えているのだろう。

板張りの洋間に設《しつら》えられたふかふかの座面をした大きな椅子《いす》は、咲夜と春日の二人が座ってもまだ余裕《よゆう》がある。座り心地《ごこち》は極上《ごくじょう》のはずなのに、なんとも落ち着かない。

身を小さくしている春日の隣《となり》に座った咲夜に、こっそりと目を向けた……けれど、端整《たんせい》な横顔しか見えない。

春日が居心地の悪い思いをしていることは伝わっているはずなのに、悠々《ゆうゆう》と持ち手のついた茶碗《ちゃわん》に口をつけていた。

春日は手を伸ばす気になれないが、白い茶碗に注がれた淡《あわ》い色をした外国のお茶は、咲夜の瞳《ひとみ》の色に少しだけ似ている。

沈黙《ちんもく》が重い、と膝に置いた手を握り締《し》めたところで、利春が口を開いた。

「そちらの少年のお名前は」

「あっ、五條春日です」

咲夜のことは知っていたようだが、この数ヶ月で咲夜について回るようになった春日に関しては正体不明なのだろう。尋ねられたことで名乗っていなかったことに初めて気づき、慌《あわ》てて名前を口にしながら頭を下げた。

「五條……遠縁《とおえん》だというのは、真《まこと》で？　君は、純人《じゅんじん》だろう」

「そうですけど……」

混合種の咲夜とは血の繋《つな》がりがなくても、縁戚《えんせき》関係であると答えている。咲夜の伯父《おじ》と春日の姉が、かつて婚姻《こんいん》を結んでいたと……それらしい話を創《つく》り、聞かれた時にだけ話して聞かせているのだ。

　だから、今回も同じ説明をすればいいかと咲夜に視線で問う。

「確かめようとする真意はどこにあるか、お聞きしてもいいですか」

　ところが、咲夜はこれまで通りに尤《もっと》もらしい説明をするのではなく、質問を返すことで答えにした。

　脇《わき》で聞いていた春日は、心の中で「なんで？」と首を傾《かし》げる。

「そうだな、なにから話せばいいか……まずは、これに見覚えは？」

　上着のポケットを探《さぐ》った利春が、取り出したものを机に置く。コトンと硬《かた》い音を立てたそれに、何気なく目を向けた春日は息を呑んで目を見開いた。

「っ！」

　声を出すことはかろうじて耐《た》えたけれど、表情の変化は隠《かく》せなかったに違《ちが》いない。

　四角い応接机の中央に置かれていたものは、三つ並んだ真っ白な玉の輝《かがや》く、帯留めだったのだ。

　見覚えがある？　それどころではない。春日の部屋にあるものと、大きさも白い玉飾《たまかざ》りの位置も、なにもかも瓜二《うりふた》つだ。

　目を離《はな》すことのできない春日の様子こそが、見覚えはあるかという問いの答えだったに違いない。

帯留めのすぐ脇をトンと指先で叩《たた》いた利春が、静かに語り出す。

「新堂伯爵《はくしゃく》が、五條氏の連れていた少年の面差《おもざ》しに既視感《きしかん》があると気づかれてね。私の父は、女性の好みがわかりやすい。異母兄弟すべてが、どこかしら似た容貌《ようぼう》をしている。そして、寵《ちょう》愛《あい》した女性に真珠《しんじゅ》の帯留めを贈《おく》るのが、手管だったようだ。春日くん、失礼だが君の母親はご健在か？」

のろのろと顔を上げた春日は、利春と初めて真正面から視線を絡《から》ませた。

その台詞《せりふ》は、どう捉《とら》えればいいのだろう。頭が上手《うま》く働かない。

隣の咲夜に助けを求める視線を送ったけれど、春日が見ていることは感じているはずなのに目を合わせてはくれなかった。

シン……と、奇妙《きみょう》な沈黙が漂《ただよ》う。

「で、結局なにを仰《おっしゃ》りたいのですか？」

沈黙を破ったのは、咲夜の声だった。春日のように利春の発する空気に気圧《けお》されることなく、静かに問う。

真っ直《す》ぐに利春を見据《みす》える目は、回りくどい言い方をせず核心《かくしん》に触《ふ》れろと促《うなが》していた。

「まったく、これだから成り上がり者は。直截《ちょくせつ》的な物言いは、野暮《やぼ》なんだがねぇ」

これ見よがしに溜息《ためいき》をついた利春に、ムッとする。

そちらこそ、わざわざ皮肉を含《ふく》んだ言葉を選んでいるのではないかと、眉《まゆ》を顰《ひそ》めたくなるのをなんとか抑《おさ》えた。

「春日くんは、私の異母弟だろう。春海とも、よく似ている……と、気がついたんじゃないかね？」

「え……」

咲夜に向かって疑問を投げた利春は、内心を読み取ることのできない微笑《びしょう》を浮《う》かべている。

春日は、小さく零《こぼ》して咲夜に顔を向けた。

咲夜の表情に、特段の変化はなかった。春日の動揺《どうよう》は伝わっているはずなのに、こちらを見てもくれない。

「咲夜」

不安に耐えられなくなって名前を呼びかけると、ようやく横目で一瞬《いっしゅん》だけ春日に目を向けた。

なにか、一言でも言ってくれないだろうか。春日は、戸惑《とまど》いのあまり視線を泳がせることしかできない。

自分が、利春の異母弟？　春海と面差しが似ている？

まさか……という思いと同時に、もの言いたげだった有原の理由はこれだったのかと腑《ふ》に落ちたところもある。

「確証を持っているかのようなお言葉ですが、そちらの当主はどのようにお考えですか？　貴方《あなた》の一存で決めつけることはできないのでは？」

　理路整然とした咲夜の言葉に、春日は声もなくうなずいた。

　ここにいるのが春日だけなら、なにも言えなかっただろう。やはり咲夜は、味方をしてくれるのだと安堵《あんど》する。

「父は、一日の大半を眠《ねむ》って過ごしています。私が誰《だれ》かも、もう判別がつかない。老衰《ろうすい》ですよ。穏《おだ》やかに死に向かっている。一月《ひとつき》……二月《ふたつき》、持つかどうか。父が亡《な》くなれば、春日くんにも遺産相続の権利が生じることになる」

　利春に笑いかけられたけれど、春日を見る目は笑っていないことに気づいて背筋がゾクッとした。

　春日は首を横に振《ふ》りながら、利春の台詞を否定する。

「人違いです。もし……万が一そうだとしても、遺産なんかいりません。僕には父も母もいなくて……祖父母に育てられました。今は、咲夜だけが家族です」

「そういうわけにはいかない。君が西園寺の血を持つのであれば、これ以上劣悪《れつあく》な環境《かんきょう》に置いておけない」

「劣悪なんかじゃ……っ」

　あからさまに咲夜を見下す言い方に、黙《だま》っていられなくなった。声を上げた春日をジロリと睨《にら》んだ利春が、机に置いた帯留めを春日に向かって滑《すべ》らせる。

「これと同じ……帯留めを、持っているね？」

「…………」

なにも言えず、口を噤《つぐ》んだことを答えだと捉えたようだ。

うっすらと笑《え》みを浮かべた利春は、上着の懐《ふところ》を探って白い封筒《ふうとう》を取り出し、咲夜の前に差し出す。

「春海を診《み》ていただいたことの、謝礼です」

無言で手に取った咲夜は、ふっと眉根《まゆね》を寄せた。指先で感じる封筒の厚みに、違和感《いわかん》を覚えたらしい。

「過剰《かじょう》に頂くつもりはありません」

「西園寺の子息が病に臥《ふ》せっていたなどと、世間に漏《も》れることがあれば大きな恥《はじ》ですから。無論、それだけでなく……」

咲夜に答えた利春の視線が、チラリと春日に向けられる。

つまり、諸々《もろもろ》の口止め料を含んでいるという意味だろうか。

財力で片をつけようとする利春に、もし本当にこの人が異母兄だったら嫌《いや》だな……と胸の奥がもやもやする。

咲夜はどうするのか窺《うかが》い見ると、封筒を二つに折って懐に仕舞《しま》った。

「お話が終わったようでしたら、これで失礼致《いた》します。春日」

「はい」

腰《こし》かけていた椅子《いす》から立ち上がった咲夜に名前を呼ばれ、ホッとした。

そそくさと咲夜に続いた春日は、できる限り利春を視界に入れないよう足元に視線を落として廊下《ろうか》に出る。

これで、利春の視線から逃《のが》れられた……とホッとしたのは一瞬で、背後から追いかけてきた声に肩《かた》を強張《こわば》らせた。

「五條殿《どの》。春日くんは西園寺で引き取ったほうが、そちらとしても都合がいいでしょう。私としても、西園寺の血統の者が不当に囲われているなどという不穏《ふおん》な噂話《うわさばなし》は、耳にしたくないですしねぇ。病床《びょうしょう》の子息まで、優秀《ゆうしゅう》なはずの薬師《くすし》の診察《しんさつ》を受けた後に病状が悪化したなどとなれば、薬師殿の評判にも関《かか》わる」

「な……に」

春日には、利春の語る言葉の意味を汲《く》み取ることができなかった。

答えを求めて咲夜を見上げても、無表情で利春を見詰《みつ》め返しているのでなにもわからないままだ。

「よくお考えになったほうがいい」

「ご忠告、痛み入ります」

短く返した咲夜が、利春に背を向けて廊下を歩き出す。春日は、軽く利春に頭を下げて咲夜の後を追いかけた。

先ほどのやり取りは、なんだった？

春日が不当に囲われているとか、春海の病状が悪化するとか。

まるで、咲夜に不利な噂を捏造《ねつぞう》した上で吹聴《ふいちょう》すると……脅《おど》しをかけていたみたいではなかったか？

「咲夜」

「今はなにも言うな」

春日の呼びかけに低く返してきた咲夜は、硬《かた》い表情で廊下を歩き続けた。

この屋敷《やしき》を離《はな》れてからでなければ、話すことはできない。咲夜の纏《まと》う空気でそう察した春日は、口を噤む。

靴《くつ》を履《は》いて玄関《げんかん》を出た途端《とたん》、膝《ひざ》から力が抜《ぬ》けそうになった。

「はぁ……」

深く息をついた春日は、鞄《かばん》の持ち手を握《にぎ》る手がじっとりと汗《あせ》ばんでいることに気がついた。

自覚していた以上の緊張《きんちょう》が、のしかかっていたようだ。

「……五條様」

背後からの呼びかけにビクリと肩を震《ふる》わせたけれど、振り向いた先に立っていたのは有原だった。

草履《ぞうり》に足を入れて玄関を出ると、咲夜に頭を下げる。

「春海様から、ご迷惑《めいわく》をおかけしたのではないかと……お詫《わ》びを申し上げるよう、言付かって参りました」

「それは、わざわざ……。彼が気に病《や》むことは、なにもありません。お気遣《きづか》いにお礼を申していたと、お伝えください」

「はい。それで、その……春海様が、もう一つ気になさっていたことがございまして」

言葉を濁《にご》した有原の視線が、チラリと春日に当てられる。

なにが言いたいのか咲夜にはわかったはずだが、素知らぬ顔で有原に答えた。

「なにもお気になさらず、結構です。御身体《おからだ》を大事になさってください」

傍観《ぼうかん》しているのみの春日でもわかる、取りつく島もない態度だ。

有原もそう感じたらしく、深く頭を下げて「ありがとうございました」と話を切り上げた。

「帰るぞ」

短い一言にコクコクとうなずいて、車寄せに停《と》めたままだった咲夜の車に乗り込んだ。

座席に腰を下ろした途端、気が抜けたせいかドッと疲労《ひろう》に襲《おそ》われる。

駄目《だめ》だ。ここはまだ西園寺の敷地《しきち》内なのだから、気を緩《ゆる》めきってはいけない。

「咲夜、帰ろう」

懇願《こんがん》する心情が表れた春日の声は、今にも泣き出しそうな情けない響《ひび》きだった。けれど、咲夜は「ああ」と一言だけ低く答えて、車のエンジンを始動させた。

早く、ここから遠ざかりたい。一気にいろんな話を聞かされたせいで、頭の中がごちゃごちゃに混乱している。

咲夜と、珠子のいる……春日がどこよりも安心できる屋敷に、帰りたい。

両腕《りょううで》で黒い鞄を抱《だ》き締《し》めた春日は、心の中で「早く」と繰《く》り返して車のフロントガラスを見つめ続けた。

□□□

静まり返った夜の廊下に、春日の足音が響く。目的の部屋の前で足を止めると、扉《とびら》に拳《こぶし》を三度打ちつけてドアノブに手をかけた。

「咲夜。……お邪魔《じゃま》してもいい？」

細い光が漏れ出る隙間《すきま》から、そっと声をかける。明かりが点《つ》いているので、咲夜はまだ眠っていないはずだ。

「……どうした。眠れないか？」

すぐに答えがあったことからも、起きていたようだ。安堵《あんど》した春日は、ふっと息をついて扉を大きく開いた。

咲夜の寝室《しんしつ》に足を踏《ふ》み入れると、扉を閉めて咲夜のいる寝台へ歩み寄る。上半身を起こした咲夜は、外国の文字で書かれた分厚い本を膝に載《の》せていた。

「寝《ね》られるわけない、ってわかってるくせに。あの人……西園寺利春さんの言っていたことは、本当のこと？　咲夜は、どこまで知ってた？」

寝台の脇《わき》に立った春日は、矢継《やつ》ぎ早に咲夜へ疑問をぶつける。

西園寺の屋敷から帰った咲夜は、すぐに作業部屋へと籠《こも》ってしまったのだ。

そこは、入室を許されなければ春日には立ち入ることのできない場所で、追いかけることができなかった。

夕食の席では給仕《きゅうじ》のために珠子が傍《そば》にいたこともあり、話を持ち出すことが憚《はばか》られた。

結局、入浴を終えて就寝《しゅうしん》準備の整った深夜になって、やっとゆっくり咲夜と話すことができる。

「これは、あそこで見せられたものと同じものだと思う？」

握り込んでいた右手を、咲夜の目の前で開く。咲夜は、白い玉飾《たまかざ》りのついた帯留めを見下ろして、春日に視線を移した。

「そうかもしれないし、違《ちが》うかもしれない。俺には、断言することはできん。おまえの出自について知っていることは、多くないんだ。母は、俺にすべてを語る前に亡《な》くなったから……」

「じゃあ……咲夜が知っていることだけでいいから、教えて」

咲夜の寝台に手をつき、身を乗り出して懇願する。

知っていることは多くないと言っても、春日よりは事情を把握《はあく》しているはずだ。自分のことなのに、春日はなにも知らないに等しい。

「僕、もう子どもじゃないよ」

ぽつりとつぶやいた春日に、咲夜は「そう……だな」と苦笑《くしょう》した。まだ子どもだと撥《は》ねつけられなかったことに勇気を得て、言葉を重ねる。

「知りたい」

咲夜と視線を絡《から》ませて、真剣《しんけん》に訴《うった》える。

春日の必死な思いが通じたのか、咲夜は予想よりすんなりと受け入れてくれた。

「わかった。俺が知っている限りのことを話そう。少し長くなる。そこに腰かけろ」

寝台の端《はし》を指差されて、大きくうなずく。

長ければ長いほど、たくさん話を聞けるということだ。

咲夜の話は、事前に予告されていたほど長いとは感じなかった。

大半は黙《だま》って耳を傾《かたむ》けていた春日が、時おり疑問を投げかけても「さぁな。知らないんだ」と望む答えは得られなかったけれど、咲夜が嘘《うそ》を口にしている様子はなかった。

「俺たちが幼い春日を連れ出して間もなく、彼女は亡くなられたらしい。あとは……おまえの記憶《きおく》にある通りだ。危険を避《さ》けるために山の夫婦《ふうふ》に託《たく》して、母親と俺が時おり様子を窺《うかが》いに行っていた」

記憶にないほど幼い頃《ころ》、何者かの悪意による病に倒《たお》れた実母から咲夜の母親に預けられた。その際に、手元にあったあの帯留めを春日に持たせた。貴族の側室だったというのが事実なら、元々は西園寺の当主から春日の母親へ贈《おく》られたのだと……利春が語っていたことと大きな相違《そうい》はない。

うつむいた春日は、山での日々を思い起こしながらぽつりと口にした。

「ジジ様とババ様は、僕の本当の祖父母じゃなかった？」

たくさんの愛情を与《あた》えられ、薬草の知識を始めとする生きるための術《すべ》を教えてくれた。祖父母だと信じていたあの老夫婦が、血の繋《つな》がりもない無関係な人だったのだと知った春日は、胸の苦しさに唇《くちびる》を噛《か》む。

子どもではないと豪語《ごうご》して教えてもらったのだから、泣きたいほど衝撃《しょうげき》だったのだと咲夜に知られないようにしなければならない。

無様な顔を見せるなと自分に言い聞かせていても、勝手に手が震えそうになる。

必死で平静を装《よそお》う春日の胸の内は、咲夜にはお見通しだったようだ。

「血の繋がりはなかったが、それにも負けない深い絆《きずな》があっただろう。あの二人は、春日を心から慈《いつく》しんでいた」

「……うん」

やんわりとした声で宥《なだ》められて、コクンとうなずいた。

それは疑っていない。祖父母からたくさんの愛情をもらった記憶は、今もきちんと春日の中で生きている。

「じゃあ。僕はやっぱり西園寺の……あの人の弟なのかな？」

兄かもしれない二人の顔を、思い浮《う》かべた。

床《とこ》に臥《ふ》せていたからか、儚《はかな》げな印象が強い春海に悪い感情はない。反して、冷酷《れいこく》な印象ばかり残っている利春は……兄だとしても、嬉《うれ》しいとは感じない。半分血が繋がっていたとしても、できる限り関《かか》わりたくない人物だ。

「どうしよう」

春日を引き取りたいと言っていた利春の真意は、謎《なぞ》だ。

春日が西園寺の庶子《しょし》だと名乗り出て認められれば、一人当たりの遺産相続の取り分が減るだろう。

利春は、継《つ》ぐはずの遺産を、より多く我が物にしたいとは思わないのだろうか。

それとも、春日が誤解しているだけで実はものすごくいい人だ……とは、考えにくい。春海に毒を盛った犯人は利春ではないかと、邪推《じゃすい》しているくらいだ。

「咲夜」

どうすればいいのかわからないのであれば、咲夜に聞くしかない。

甘えだとわかっているが、春日は咲夜が「ここにいろ」と言ってくれることを、心のどこかで期待していた。

理由はまったく同じでなくてもいいから、咲夜も、春日と一緒《いっしょ》にいたいと思っていてくれるのだと……確かめたかった。

そんな春日の願いは、咲夜から返された短い一言によって打ち砕《くだ》かれる。

「おまえは、どうしたい？　春日の思うようにすればいい」

春日が聞きたいのは、咲夜の思いだ。したいようにすればいいと、突《つ》き放すような言葉ではない。

「僕は……」

咲夜と一緒にいたい。

そう言いかけたのと同時に、利春の言葉が頭に浮かんだ。

春日が西園寺の家に行くことを拒《こば》むと、咲夜にとって不名誉《ふめいよ》な話が上流階級に出回るのだろうか。

噂話《うわさばなし》に興じる人たちにとって、事実か否《いな》かはどうでもいいのだ。面白《おもしろ》おかしく話すことのできるネタがあれば、それだけでいいのだから。

でも春日は、咲夜が不快な噂話をされるというだけで腹立たしい。

本心は、咲夜と一緒にいたい。離《はな》れたくない。

ただ……自分がそう望んだ結果、咲夜の足を引っ張ることになるのはもっと嫌《いや》だ。

「本当のことが、知りたい。西園寺利春さんと春海さんが、血を分けた僕のお兄さんなのか……確かめたい、かも」

言葉を選びながら、ぽつぽつと口にする。

でも、咲夜が引き留めてくれるなら、どんな噂話であろうと根も葉もない中傷なのだと、とてつもなく大変でも打ち消して回ろう。

咲夜の横顔を見詰《みつ》めて反応を窺っていると、チラリとこちらに目を向けて口を開いた。

「おまえの好きにすればいい。あちらのほうが、不自由のない生活を送ることができるかもしれないな」

冷たい水を頭上から浴びせられたような衝撃に、強く拳《こぶし》を握《にぎ》る。

好きにすればいいという一言は、春日などどうでもいいと聞こえた。

ずっと一緒にいたい、傍にいたいと望んでいるのは春日だけなのかと思えば、心臓を握り締《し》められたかのように苦しくなる。

「……咲夜の馬鹿《ばか》」

思わず口をついて出たつぶやきにも、咲夜は無反応だ。

話が済んだのなら出て行けと言わんばかりに、閉じていた本を開く。

「確かめるだけ。本当のことがわかったら、もういいから」

ここに戻《もど》りたいと望んだ時に、春日の居場所はあるのかと……尋《たず》ねることはできなかった。

否定されてしまうと、地の底まで落ち込んでしまいそうだから怖《こわ》くて聞けない。

腰《こし》かけていた咲夜の寝台《しんだい》から立ち上がり、力なく口を開いた。

「お邪魔《じゃま》しました。おやすみなさい」

「ああ」

咲夜は、一瞬《いっしゅん》だけ春日の顔を見遣《みや》って答えると、本に視線を落とした。

とぼとぼ歩いて咲夜の寝室を出て、自室へと向かう。

実母は咲夜の母親に春日を託した別れ際《ぎわ》、春日が右手に握っている白い玉飾《たまかざ》りの帯留めを大切にするようにと、言い含《ふく》めていたらしい。

身分を保証するものになると思ったのか、困窮《こんきゅう》した際は金銭に換《か》えればいいと思ったのか……今となっては、確かめる術はない。

「兄弟なんて……全然、思えないけど」

利春や春海と春日の顔立ちが似ていると、咲夜もそのように感じたのだろうか。

貴族階級の人間関係は厄介《やっかい》なものだ。身内であることが理由で、場合によっては敵となる時もあるのだと……そんなふうに言っていたのに。

ただ、自分が咲夜の足枷《あしかせ》となるくらいなら、敵陣《てきじん》に乗り込むくらいどうということはない。

利春がどんな目的で春日を呼び寄せようとしたのか、確かめて……なにをどうすればいいのか、今の春日にはわからないけれど。

《七》

こちらの部屋を使ってください、と家事手伝いを名乗った女性に案内された一室は、身の置き所に迷うほど広い畳《たたみ》の間だった。

春日の持ち込んだ荷物など鞄《かばん》一つだし、あまりにも広すぎて落ち着かない。

「咲夜……なにも言ってくれなかったなぁ」

ここの玄関《げんかん》先まで車で送ってくれた咲夜は、最後までろくにしゃべってくれなかった。

春日が、「またね」と念を押すように口にしても、感情を窺《うかが》わせない無表情で「そうだな」の一言だ。

名残惜《なごりお》しそうな素振《そぶ》りも見せてくれなくて、車が見えなくなるまで立ち尽《つ》くしていた春日だけが寂寥感《せきりようかん》を抱《かか》えているみたいだ。

この屋敷《やしき》に、春日の味方はいない……と思い浮かんだ瞬間、足元に奈落《ならく》が口を開けているかのような恐怖《きようふ》が込み上げてきて小さく身震《みぶる》いをする。

自分を抱《だ》くようにギュッと両手で二の腕《うで》を掴《つか》んだと同時に、襖《ふすま》の向こうから声をかけられた。

「春日さん。お邪魔してもよろしいですか」

「あっ、はい」

この男の声には、聞き覚えがある。味方かどうかはわからないが、少なくとも敵ではないはずだ。

春日の答えを確認《かくにん》して、廊下《ろうか》側から半分ほど襖が開かれた。

「お疲《つか》れのところ、申し訳ありません」

「いえ……あの、僕に丁寧《ていねい》な言葉《ことば》遣《づか》いをしなくても、大丈夫《だいじょうぶ》ですから。年下ですし、もっと気楽に接してもらえれば」

恐縮《きょうしゅく》した春日に、有原は大きな身体《からだ》を縮めて「そういうわけには」と首を横に振《ふ》る。

緊張《きんちょう》を完全に解くことはできないけれど、見知った人物がいるというだけで心細さが軽減した。

「春海様が、春日さんとお話ししたいと仰《おっしゃ》っていまして……春海様の部屋へご案内させていただいても、よろしいですか？」

「春海さん……？　はい。僕は、構いませんが」

機会があれば話してみたいとは思っていたが、あちらから春日を呼び寄せようとするのは意外だった。

では早速《さっそく》、と春日を促《うなが》して歩き出す有原の後を、早足で追いかける。

どこをどう歩いたのかわからなくなるほど、何度も角を曲がって長い廊下を進み、ようやく見覚えのある襖絵の一室へ辿《たど》り着いた。

「春海様。春日さんをお連れしました」

「……どうぞ」

襖の向こうから春海の声が聞こえてきて、有原が開けた襖から室内に足を踏《ふ》み入れる。

春日の目に飛び込んできたのは、布団《ふとん》に横たわる儚《はかな》げな青年の姿ではなかった。きちんと洋装を身に着けて、文机《ふづくえ》の前に座っている。

蒼白《そうはく》だった顔には血の気が戻り、元気を取り戻していることが一目で見て取れた。

「春日くん」

座布団から立ち上がった春海は、危なげのない足取りで春日に歩み寄ると、唐突《とうとつ》に両手で右手を握ってくる。

春日は驚《おどろ》きを顔に表したはずだが、春海は緊迫《きんぱく》した様子で口を開いた。

「どうして、ここに来たんですか。飛んで火に入る夏の虫です。身に危険が及《およ》ぶ前に、出て行ったほうがいい」

「あの……それは、どういう意味ですか？　身に危険がって、大袈裟《おおげさ》な」

こちらを見ている春海の目は、冗談《じょうだん》を言っているものではない。無用な脅《おど》しで、春日を怯《おび》えさせようという悪意も感じず……ただひたすら、戸惑《とまど》う。

「床《とこ》に臥《ふ》せた僕の姿を、見たでしょう。兄が……春日くんになにをするか、わかりません。わざわざ飛び込んでくるなんて」

表情を曇《くも》らせた春海は、自分が倒《たお》れた原因が利春にあると決めてかかっているようだ。

予想もしていなかった春海の言動に驚き、なにも言えない春日を前にして、更《さら》に言葉を続ける。

「きっと、兄が言葉《ことば》巧《たく》みに呼び寄せたのでしょう。真珠《しんじゅ》の帯留めを持っていますか。あれは、当時最高の真珠を使ったものです。今では、同じ質のものはない。兄は、春日くんから取り上げて我が物にしようと画策するでしょう。それだけでなく、西園寺家の血を継《つ》ぐ者が自分以外に存在することを許さないはずです。確実に葬《ほうむ》り去るため、目の届くところへ……」

「ちょ……と、待ってください。なんで、そんなことを僕に。だいたい、それなら春海さんも危険なんじゃ」

戸惑うばかりの春日は、春海に右手を握《にぎ》られたまま「落ち着いて説明してください」と言い返す。

春海はいろんなことを把握《はあく》していて、その上で懸念《けねん》を募《つの》らせているのかもしれない。でも、春日は状況《じょうきょう》をまったくわかっていないのだ。

「春海様。ひとまず、腰を落ち着けられては」

有原の声に驚いて、ビクッと手を震《ふる》わせたのは春海だけではない。

大きな身体をしているのに、存在を忘れそうになっていた。それほど巧みに、気配を殺していたようだ。

「あ……あ、そうだね。ごめん、春日くん」

ふっと息をついた春海は、春日の右手を解放して照れくさそうな微笑《びしょう》を浮《う》かべる。

今度は遠慮《えんりょ》がちに手首を握られて部屋の奥へと誘導《ゆうどう》され、線の細い背中をぼんやりと見詰《みつ》めた。

握られた右手首が、あたたかい。半分だけ血の繋《つな》がった、兄かもしれない人なのか……と、不思議な気分になった。

「兄の利春と話したのなら、だいたいの人となりがわかったでしょう。身内を悪《あ》し様に言いたくはないけれど、我欲《がよく》に凝《こ》り固まった人です。邪魔《じゃま》になるものを排除《はいじょ》するためなら、手段は問いません」

静かに語る春海は、自身が『排除』されそうになったのだと自覚していながら、そんな言い方をしているに違《ちが》いない。

整った顔に浮かぶのは、憤《いきどお》りではなく諦《あきら》めだ。

「でも、相続の権利があるから僕を西園寺の家に迎《むか》えたい……とか言っていました。僕は、なにも望んでいませんが」

「後になって変に騒《さわ》ぎ立てられ、家名に傷がつくスキャンダルになるのを防ぐのが目的でしょう。ただ、立て続けに死人が出れば不審《ふしん》に思われることがわからないわけがない。その程度の冷静さは、持ち合わせています。今すぐ春日くんの身に危険が及ぶことはないはずですので、できれば早いうちに出て行ったほうがいい」

　春日の心配ばかりする春海が不思議で、首を傾《かし》げて聞き返す。

「春海さんは？　また、寝込《ねこ》むことになるんじゃないですか。今度こそ、命が危《あや》ういかもしれないのに……」

　少し前まで臥せっていた春海の症状《しょうじょう》を思い出して、眉《まゆ》を顰《ひそ》める。

　周囲に不自然さを感じ取らせないよう、微量《びりょう》の毒を摂取《せっしゅ》させて徐々《じょじょ》に弱らせることを目論《もくろ》んでいたのだろう。

　次も、咲夜が助けられるとは限らない。

「僕は、それはそれで仕方がないかな……と思っています。できることと言えば書を代筆するくらいで、役に立たない人間ですから。これまで生き長らえさせられたのは、僕の面差《おもざ》しが早世した兄の母によく似ているからでしょうか。父の女性の好みがいつも同じということは、聞きましたか？　こうして春日くんと顔を合わせると、よくわかります。両親ともに同じ兄弟のようだ」

春海は、ふふ……と笑ったけれど、春日はよくわからない。姿見で自分の姿形を見ることはあまりないし、春海は春日よりずっと綺麗《きれい》な顔立ちをしていると思う。

「春日くんをここから逃《に》がさなければ……と焦《あせ》る、身内の情のようなものが僕にもあったのだと、不思議な感じです。でも、悪くはないですね」

春日と目を合わせて微笑む春海に、春日のほうこそ不思議な感情が生まれる。

どうして、諦めてしまうのだろう。春日を逃がそうと思うのなら、自分も逃げ出せばいいのに。

利春に対する憤りと同じくらい、春海にも腹立たしさが湧《わ》いてきた。

「春海さん」

睨《にら》みつけるようにして視線を絡《から》ませると、低く名前を呼びかける。

今までぼんやりとしていた春日が身を乗り出したせいか、春海は驚いたように目をしばたたかせた。

「諦めたら駄目《だめ》です。僕に逃げろと言うなら、春海さんも逃げないと。……なにか、方法があるはずです。かつて、実母が僕を逃がしたように……」

顔も知らない母親は、頭の中に思い浮かべることさえできない。でも、他人に託《たく》してまで春日を助けようとしてくれた。

確実に追跡《ついせき》の手から逃《のが》れるには、……そうだ。

「春海さん。咲夜の薬、まだ残っていますか？　鼠色《ねずみいろ》の薬包のものです」

「ええ……手付かずなので、そのままにしてあります」

有原と視線を交《か》わした春海は、「それが？」と首を傾げた。

よかった。春日が思いついた計画には、あれの存在が不可欠だ。

「一つ、提案があります。でも、ものすごく危険な賭《か》けになると思いますので、無理にはお勧《すす》めしません。しかも、有原さんも巻き込むことになるはずです」

ゆっくりと語りながら、春海と有原を交互《こうご》に見遣《みや》る。春海は、「有原も巻き込む」という一言に顔を曇らせた。

自分はどうでもいいと諦めきっていながら、有原を巻き込むという言葉には不安そうな顔をするのか。

春日を逃がそうとしたことといい、すごく優《やさ》しい人なのだろう。

「それは……」

「望むところです。春海様のためでしたら、この命でも捧《ささ》げましょう。捨て子だった私は、春海様に拾われたことで生き長らえることができました。恩を返すのは当然です。むしろ、その機会をいただけてありがたいくらいです」

視線を落とす春海とは対照的に、これまで春日が見たことのないほど嬉《うれ》しそうに目を輝《かがや》かせている。

この様子なら、計画を話して聞かせても利春側に漏洩《ろうえい》する心配はなさそうだ。むしろ、蚊帳《かや》の外に置かれるほうが嫌《いや》だと、食《く》らいついてくるに違いない。

「春日さん、お願いします」

「……わかりました」

それほど一生懸命《いっしょうけんめい》な表情で頼《たの》み込まれると、どちらが加担するように請《こ》うているのかわからなくなる。立場が、逆転してしまったみたいだ。

「では、もう少し傍《そば》に」

声を潜《ひそ》めて思いつきを語るために、顔を突《つ》き合わせる。

すぐ近くで目にした春海の容貌《ようぼう》は、やはり春日より繊細《せんさい》そうだ。他《ほか》の人には似ているように見えるのかな？　と瞬《まばた》きをして口を開いた。

□□□

どこまでも深い、底のない真っ暗闇《くらやみ》に延々と沈《しず》んでいくようだった。

目を開いていても閉じていても、墨《すみ》で塗《ぬ》り潰《つぶ》されたかのような視界は変わらない。沈んでいると感じていたが、空中に浮かんでいるのかもしれない。

五感がすべてあやふやになり、自分の『形』さえ保てなくなりそうで……。

「……がっ。春日！　聞こえるか？　目を開けろ！」

遠くから、繰《く》り返し春日の名前を呼ぶ咲夜の声が聞こえてくる。

これまで聞いたことのない、動揺《どうよう》と焦燥《しょうそう》を露《あら》わにした取り乱した口調で……何度も「春日」と呼びかけられて、ピクリと瞼《まぶた》を震わせた。

ドクンと耳の奥で大きな脈動が響《ひび》き、全身が重くなる。浮遊《ふゆう》していた夢の世界から、唐突《とうとつ》に現実へと引き戻《もど》されたかのようだった。

「春日。聞こえるな。薬湯を口に含《ふく》ませるから、飲み込むんだ」

頬《ほお》に感じるのは、咲夜の手のぬくもりだ。

舌が動かせなくて返事はできなかったけれど、背中を大きな手に支えられて横たえていた上半身を起こされるのがわかった。

やんわりとしたぬくもりに唇《くちびる》を覆《おお》われて、温かくて苦い液体が喉《のど》に流れ込んでくる。なんとか嚥下《えんか》したと同時に、ゲホゲホと噎《む》せ込んだ。

「っ……は、はぁ……さく、や？」

トントンと背中を叩《たた》く手の主の名前を、確信を持って呼びかける。ぼんやりとした視界に映るのは、期待した通りの端整《たんせい》な顔だ。

春日と視線を絡ませて意識があることを確かめたらしく、大きく息をついた。

「有原くんから連絡《れんらく》をもらった時は、肝《きも》を冷やしたぞ。……計画も聞いた。無茶《むちゃ》なことをしやがって」

春日の無事を確信したことで、今度は怒《いか》りが込み上げてきたようだ、鋭《するど》い目で睨みつけられる。

ありはら……誰《だれ》だったか。それに、計画……？

霞《かすみ》がかかったようになっている思考が、もどかしい。

視線を巡《めぐ》らせた室内の調度品は、見慣れたものばかりだ。すべて、咲夜の部屋にあるもので……春日が寝かされているのも、咲夜の寝台《しんだい》だろう。

いつ、五條の屋敷《やしき》に戻ってきた？　春日は一週間ほど前に、西園寺の屋敷へと身を移したはずだ。

それがどうして咲夜の寝台で眠《ねむ》っていたのか、記憶《きおく》がハッキリしない。

大きな石を括《くく》りつけられているかのように重い右手を持ち上げて、拳《こぶし》で自分の頭を殴《なぐ》った。

そのおかげではないかもしれないけれど、意識が暗闇を漂《ただよ》う前のことがふと甦《よみがえ》る。

「……あっ！　春海さん……は」

春日を抱《かか》えている咲夜を見上げ、春海はどうなっているのだと尋《たず》ねた。

咲夜が調合した強心作用のある薬は、劇薬にも等しいものだった。春日と春海は、それぞれ心臓が動きを止める寸前ギリギリの量を口にしたはずだ。

　鼓動《こどう》と鼓動の間隔《かんかく》が平素の数倍にまで空き、なにも知らない人からは生命活動を停止しているようにしか見えなかっただろう。

「客間だ。あちらが先に目を覚ました。……無事だよ」

　咲夜の言葉に、肩《かた》の力が抜《ぬ》けた。

　勝算のあった春日はともかく、ただでさえ心臓が弱っていた春海も、無事に乗り越《こ》えることができてよかった。

「よ……かった。問題なく、西園寺のお屋敷を出られた？　利春さんの目には、僕はともかく春海さんは亡《な》くなっているように映ったかな。亡骸《なきがら》を寄越《よこ》せとかって、追いかけてきそうにない？」

　咲夜を見上げて、次々と質問を繰り出す。

　答えを待っていると、視界いっぱいに咲夜の手が映り、ぐしゃぐしゃと前髪《まえがみ》を掻《か》き乱された。

「問題がなかったかどうかは、俺の口からはなんとも言えん。予告なく乗り込んで、有無《うむ》を言わさずおまえを担《かつ》ぎ出したからな。おまえも春海氏も身体《からだ》は冷たくなっていたし、生きているようには見えなかったはずだ。あの男は呆然《ぼうぜん》としていたから、亡骸を取り戻そうという気力は残っていないんじゃないか？」

「本当？　それなら、計画成功だ。春海さんは、西園寺の家から自由になれる……生まれ変わったのと同じだ」

意識を失っていたあいだのことは後で有原から聞くしかないが、現状だけを見れば上手《うま》く事が運んだように思う。

頬を緩《ゆる》めた春日に、咲夜は険しい顔で「なにが成功だ」と零《こぼ》した。

低い声は冷え冷えとした空気を纏《まと》っていて、そろりと咲夜を見上げる。

表情があまり変わらないからわからなかったが、もしかして……ものすごく怒《おこ》っているのだろうか。

色素の淡《あわ》い瞳《ひとみ》と目を合わせると、ギロリと睨《にら》みつけられた。

「一人でご満悦《まんえつ》のところに水を差すようだが、計画とやらを聞かせてもらおうか」

「……はい」

肩を竦《すく》めた春日は、咲夜から目を逸《そ》らすことができないままコクコクと小刻みにうなずいた。

これまでの経緯《けいい》を語れば、無謀《むぼう》な計画だと怒られるに違《ちが》いない。

叱責《しっせき》を覚悟《かくご》の上で、おずおずと口を開いた。

咲夜が置いて行った薬を、春日と春海が口にする。それも、死体を装《よそお》うことができるほど生命反応が鈍《にぶ》くなり、深い眠りに落ちるよう……。

春日が思いついた計画は、かなり無謀なものだったと自覚している。

でも、利春の目を欺《あざむ》いて西園寺との縁《えん》を断《た》ち切るには、最善の策だったと思っている。

「どれくらいの量を摂取《せっしゅ》したら、仮死状態になるか……春海さんの体格を考慮《こうりょ》して、ギリギリのところを計算したつもり」

まだ深く関《かか》わっていなかった春日は、どうとでも理由をこじつけて出て行くことができそうだったが、春海を逃《に》がすには『死』しかないと思ったのだ。

寝台に腰《こし》かけて腕《うで》を組み、険しい表情で春日の話を聞いていた咲夜は、言葉を切った春日に眉《まゆ》を顰《ひそ》める。

「つもり？　一歩間違えれば、あのまま永久に心臓が止まっていた。春日、おまえもだ。俺でも生きていないのではないかと見誤るくらい、生命の兆候が薄《うす》かったんだ」

咲夜の言葉は、尤《もっと》もだ。

十割の成功率はない……と負の面は事前に説明してあったし、春海は「それでも構いません」と春日の案に賛成して、計画に乗った。

「だけど、僕は大丈夫《だいじょうぶ》……って自信があったから、春海さんが心配だっただけ」

「その根拠《こんきょ》は？」

春日の主張に、咲夜は眉間《みけん》に刻んだ皺《しわ》を深くする。まさか、根拠のない自信ではないだろうなと語る目に、慌《あわ》てて言葉を返す。

「僕は、ジジ様とババ様が生きていた頃《ころ》から、少しずついろんな草を口にしていたから……普《ふ》通《つう》の人よりも、毒が効き辛《づら》いんだ。草花だけでなく、あらゆる種子や球根なんかも齧《かじ》ってた。夾竹桃《きょうちくとう》やトリカブトの附子《ぶし》も、大量じゃなければ耐性《たいせい》がある」

普通の人なら、小指の爪《つめ》で引っ掻いただけの量でも中毒症状《しょうじょう》を起こして、場合によっては死に至る猛毒《もうどく》の植物も存在する。

それらも、祖父母が健在だった時から細かな注意を受け、微量《びりょう》ずつ身体に入れてきた。

いつか、咲夜の役に立つかもしれない。いや、役に立ちたい。知識も、この身も、すべてを咲夜に捧《ささ》げようと決めていた春日にとっては、喉の渇《かわ》きをいやす為《ため》に水を飲むのと同じくらい日常の習慣だった。

「……初耳だぞ」

春日の言葉を聞いた咲夜は、眉を顰めたままぽつりとつぶやく。

淡い色の瞳からは鋭い光が消え、迷うように視線を揺《ゆ》らがせた目は半信半疑だと語っていた。

「初めて咲夜に言ったから……って、痛い」

思わず、といった仕草で頭を小突《こづ》かれて、唇を尖《とが》らせた。拳を解いた咲夜は、春日の頭を両手で挟《はさ》み込むと、手荒《てあら》く髪《かみ》を撫《な》で回す。

「そういうことは、もっと早くに言え！　機会はいくらでもあっただろう。なにより、無謀なことをして……自分の身体を、もっと大事にしろ！」

珍《めずら》しく声を荒《あら》らげた咲夜に、「だって」と言い返す。

「見習いじゃなくて、本当に咲夜の助手になってから……もっと役に立てるようになったら、言うつもりだったんだ。鼠《ねずみ》に舐《な》めさせるより、僕のほうがわかりやすいよ。新しい薬草の効能を試《ため》すのに使ってくれてもいいし、夾竹桃の枝を燻《いぶ》すのも僕なら平気だ。咲夜の傍《そば》にいて、咲夜のために生きようと、ずっと前から決めていた」

咲夜は、春日の想《おも》いを「子どもの好き」だと取り合ってくれなかったけれど、春日は咲夜のためならどんなことでもできる。足手《あしで》纏《まと》いになるくらいなら離《はな》れようと思っても、結局こうして咲夜のところに戻《もど》りたくなる。

命の火が消えそうだと有原から連絡《れんらく》を受けて、迎《むか》えに来てくれたのなら……言葉にできないほど嬉《うれ》しかった。

心に溜《た》めていたものを一気に打ち明けた春日に、咲夜は唖然《あぜん》とした様子で絶句している。

「……泣けてくるほど健気《けなげ》だな。これでも咲夜は、春日くんの想いを軽くあしらうのか？」

ふと聞き覚えのある男の声が聞こえてきて、廊下《ろうか》と室内を隔《へだ》てる扉《とびら》がゆっくりと開いた。

そちらを横目で見遣《みや》った咲夜が、低くつぶやく。

「立ち聞きか」

「少しだけ開いてたんだよ」

咲夜の手に頭を挟まれたまま視線を向けた春日は、戸口に立っている真田の姿に驚《おどろ》いて目を瞠《みは》った。

「真田さん？　なんで？」

「あの、見事な体格の青年……有原くんと言ったか、彼が息を切らして飛び込んできた時に、たまたま咲夜と一緒《いっしょ》だったんだ。春日くんが瀕死《ひんし》だと聞いて怒《いか》り狂《くる》う咲夜を、単身で乗り込ませるわけにはいかなかったからな。耳どころか、毛を逆立てた尻尾《しっぽ》まで隠《かく》すことなく西園寺の跡取《あとと》りに詰《つ》め寄る咲夜は、咬《か》み殺しかねない迫力《はくりょく》だった。純人《じゅんじん》の目には、さぞかし恐《おそ》ろしい姿に映っただろうな」

　室内に一歩足を踏《ふ》み入れた真田が、春日の「なんで？」に答えてくれる。

　咲夜は舌打ちすると、春日の頭から手を離して真田を振《ふ》り向いた。

「余計なことを言うな」

　咲夜は、唸《うな》るような声音《こわね》にも射貫《いぬ》くような視線にも、露骨《ろこつ》に不機嫌《ふきげん》であることを表しているのに、真田が怯《ひる》む様子はない。

「僕のおかげで、第三者の証人を得られたんだから……感謝して欲しいなぁ。完全に咲夜の迫力に負けていたあの様子じゃ、奇跡《きせき》的に春日くんが一命を取り留めたと知っても、もう手を出そうという気にはなれないだろう。後継者《こうけいしゃ》の座を脅《おびや》かす可能性のあった次男の春海くんは、このまま亡くなったことにして地方にでも匿《かくま》っておけば、あちらにも不都合はないんじゃない？」

「そのあたりの根回しは、昊雅のほうが得意だろう。適当に、夜会で顔を合わせた連中に吹《ふい》聴《ちょう》してくれればいい」

「……礼も言わないのに、人使いが荒いな」

まったく……と深く息をついて肩《かた》を竦めた真田に、春日は焦《あせ》って声をかけた。

最初からそのつもりで、本人も納得《なっとく》済みだった有原はともかく、真田を巻き込んだのは想定外なのだ。

「真田さん、ご迷惑《めいわく》をおかけしたみたいで……すみません。あの、詳《くわ》しい説明とお礼……謝罪は、後日改めて」

「礼と謝罪の必要はない。昊雅は非日常を楽しんでいるんだから、娯楽《ごらく》を提供したようなものだ」

恐縮《きょうしゅく》する春日をよそに、咲夜は飄々《ひょうひょう》とした調子で割って入ってくる。真田に非日常を面白《おもしろ》がる傾向《けいこう》があることは知っているが、娯楽を提供したという表現はあまりにも粗雑《そざつ》な扱《あつか》いではなかろうか。

困惑《こんわく》した春日が、咲夜と真田のあいだに視線を往復させているにもかかわらず、大人二人は軽快に会話を続ける。

「まぁ……否定はしない。さすが咲夜だな。僕のことを理解している。愛か？」

「気味の悪いことを口走るんじゃない」

真田はわかりやすく笑《え》みを浮《う》かべ、咲夜の表情は変わらないままだが……ほんのわずかに、唇《くちびる》の端《はし》を吊《つ》り上げている。

傍《はた》から見れば無礼ギリギリの物言いでも、二人のあいだでは言葉遊びのようなものなのだろう。春日が、余計な気を回す必要などなさそうだ。

「客間の彼らも落ち着いたようだから、僕は失礼することにしよう。春日くん、心臓が止まりかけたんだから、しっかり身体《からだ》を休ませるんだよ。……ぐったりとした君を目前にした咲夜の錯乱《さくらん》振《ぶ》りは、次に逢《あ》った時たっぷり語ってあげるからね」

「っ、黙《だま》って出て行け！」

真田は咲夜の威嚇《いかく》に微塵《みじん》も動じることなく、「はははっ」と楽しそうに笑って廊下に出て行った。

扉が閉まり、やけに存在感のある真田の気配が消えると、途端《とたん》に静かになる。

コクンと喉《のど》を鳴らした春日は、寝台《しんだい》の脇《わき》に立つ咲夜をそろりと見上げた。口の中には、気つけのために含《ふく》まされた薬湯の苦味がまだ残っている。

「咲夜。あの……勝手なことをして、ごめんなさい」

なによりも一番に、謝らなければならなかったのだ。

迷惑をかけ……真田の言葉が正しければ、心配させてしまった。

険しい表情で春日を見下ろした咲夜は、大きく息をついて右手を上げると、自身の髪をガシガシと掻《か》き乱した。

「くそっ。結局のところは、俺もおまえの策略に乗せられたようなものか」

「そんなつもりじゃなかったんだけど……急いで迎えに来てくれたって、本当？　死にかけだった僕を、ここに連れて帰ってくれたんだよね」

春日を西園寺の屋敷《やしき》に放《ほう》っておいても、咲夜に不都合はなかったはずだ。連れ出すことのほうが大変で、生命の火が消えていたらもっと面倒《めんどう》なことになっていたと思う。

でも、咲夜は春日を傍に置こうとしてくれた。担《かつ》がれて運ばれたらしいが、憶《おぼ》えていないなど勿体《もったい》ない。

はぁぁ……と。またしても大きな溜息《ためいき》をついた咲夜は、寝台に膝《ひざ》を乗り上げて春日に顔を寄せる。

間近に迫《せま》った淡《あわ》い色の瞳《ひとみ》に、正常な鼓動《こどう》を取り戻したばかりの心臓がドクドクと早鐘《はやがね》を打つのを感じた。

「……おまえに選択《せんたく》をさせて、西園寺に行かせたことを後悔《こうかい》した。傷つけるために、手放したんじゃない。身内を知らずに育ったおまえが、血の繋《つな》がりのある人物になにかしら通ずるものを感じたのなら、俺が邪魔《じゃま》をしてはいけないと思ったのに……どうして手放したんだと、自分を殴《なぐ》りたくなった」

咲夜の口から出たとは思えない言葉の数々に、春日は目を見開いて唇を震《ふる》わせる。

咲夜の眼差《まなざ》しは真摯《しんし》なもので、冗談《じょうだん》を言っている雰囲気《ふんいき》ではない。そもそも、咲夜がこの類《たぐい》の冗談を口にするわけがないのだ。

「さ、咲夜……？　なにか、変な薬草を口にした？」

大丈夫《だいじょうぶ》？　と目をしばたたかせた春日に、咲夜は眉《まゆ》を顰《ひそ》めて苦い笑みを滲《にじ》ませた。

これも、すごく珍《めずら》しい表情だ。咲夜から普段《ふだん》とは違《ちが》う言葉や顔を引き出しているのは、自分だと思ってもいいのだろうか。

「……言いたいことは、それだけか。だから、子どもだってんだよ」

グイッと右手で前髪《まえがみ》を掻き上げられて、慌《あわ》ててその手を掴《つか》んだ。

春日から手を離せば、離れて行ってしまいそうな空気を感じたのだ。

「だ、だって、咲夜がそんな……僕の耳がおかしいんじゃないのなら、咲夜がどうかしたのかと心配になる」

咲夜の語った言葉は、あまりにも春日に都合がよすぎる。喜びよりも、現実感が乏《とぼ》しくて不安になってしまう。

懸命《けんめい》に訴《うった》えると、咲夜は眉間《みけん》の縦皺《たてじわ》を解いて春日の額に唇を押し当ててきた。

「おまえが信じられないのは、俺のせいか。いきなり、これまでとは違って手のひらを返すようなことを言われたら、まぁ……そうだろうな」

またしても、常に自信に溢《あふ》れた咲夜らしくない少しだけ淋《さび》しそうな笑みに、慌てて頭を横に振った。

「咲夜を信じていないわけじゃない。ちょっとだけ、正気を疑ったけど……あれ？　信じていないのと同じ？　でも、咲夜も惑乱《わくらん》している可能性があるなら……本心じゃないんだし、やっぱりそれだと、ええと……？」

　話しているうちに思考が絡《から》まってしまい、言葉まで迷子になり、自分がなにを言っているのかわからなくなってきた。

　咲夜が呆《あき》れてしまったのでは、と恐る恐る窺《うかが》い見る。

　春日から顔を背《そむ》けて、肩を震わせて……笑っているようだ。

「ククッ……混乱の手本みたいだな。急《せ》いた俺が悪かった。今のおまえは、心身どちらも普通とは違うんだ。話をするには、日を改めたほうがいい。まずはしっかりと寝《ね》て、休養を取れ。それからだ」

　両手で肩を押して、寝台に横たわるように促《うなが》される。大人しく従った春日は、肩を掴む咲夜の手を握《にぎ》って離《はな》れて行かないように引き留めた。

「寝て、起きたら……なかったことにならない？　夢でも見たんだろうって、これまでと同じように子ども扱いをしない？」

　不安を口にする春日を見下ろしていた咲夜は、ほんの少し唇に笑みを浮かべて端整《たんせい》な顔を寄せてきた。

そっと唇が重ねられて、驚《おどろ》きに瞼《まぶた》を震わせる。乾燥《かんそう》している春日の唇の端を軽く舐《な》めると、すぐに離れて行った。

「子どもには、しないことだ。もう、おまえの想《おも》いから逃《に》げないと約束する。だから、安心して眠《ねむ》れ」

「……うん」

髪に触《ふ》れてくる咲夜の指が心地《ここち》よくて、肩の力が抜《ぬ》ける。瞼が重いな……と思った数秒後には、うつらうつらと浅い眠りに身を落とした。

それでも、咲夜の手は春日の髪に触れている。

咲夜の傍《そば》は、この世界のどこよりも春日が安心できる場所だ。

もうなにも心配はないのだと、ようやく実感が込み上げてきて眠りに身を委《ゆだ》ねた。

先ほどまで漂《ただよ》っていた吸い込まれそうな暗闇《くらやみ》とは違い、同じ漆黒《しっこく》の空間でも咲夜の尻尾《しっぽ》に包まれているような、暖かい眠りだった。

《八》

高台に立つと、満開の菜の花畑が視界いっぱいに広がる。

隣《となり》に立つ春海が、「すごい」と感嘆《かんたん》の声を上げた。

「菜の花は綺麗《きれい》なだけじゃなくて、土壌《どじょう》を浄化《じょうか》する役目を果たしてくれるんです。お浸《ひた》しにして食べることもできるし、種からは油を精製することもできるし……すごく優秀《ゆうしゅう》な植物なんです」

春日の説明に、うんうんと真剣《しんけん》な表情でうなずいている。

春日よりずっと年上の人なのに、子どものように目を輝《かがや》かせているのは、初めて群生する菜の花を目にしたらしいことも一因だろう。

「それほど手のかかる植物はありませんが、先ほど案内した夾竹桃《きょうちくとう》とか……種類によっては素《す》手《で》で触《ふ》れるだけで危険なものも生えているので、気をつけてくださいね。図鑑《ずかん》でしっかりと確かめて、大丈夫《だいじょうぶ》かどうか迷うものは避《さ》けておいたほうがいいかな。あとは……」

「春日。口うるさい。三つや四つの幼児でもあるまいし、自分で判断するだろう」

頭に浮《う》かぶ注意事項《じこう》を次から次へ口にしていると、咲夜に制されてしまった。口うるさかったかな、と恐《おそ》る恐る窺い見た春海は、穏《おだ》やかに微笑《ほほえ》んでいる。

「僕はなにも知らないので、教えてもらえるのはありがたいです。ただ、全部一度に憶《おぼ》えられる自信はないので、少しずつだと助かります」

「……ごめんなさい」

しゅんとして謝った春日に、「謝ることはないのに」と困ったような表情を浮かべる。

菜の花畑の向こうには、古びた小屋の屋根が見えた。

「なにも知らない人には、雑多に生《お》い茂《しげ》る植物畑にしか見えません。ここまでやって来る人は、滅多《めった》にいないはずです。数年に一度、迷い込んでくる人はいますが……」

「なにがあっても私が春海様をお守りしますので、お任せください」

それまで春日の話を無言で聞いていた有原が、迷いなく言い切る。実に頼《たの》もしい。

春日は、

「僕が心配しなくても、大丈夫ですね」

肩を並べる春海と有原を目にして、大きくうなずいた。

屋敷《やしき》に閉じ込められるようにして育ったという春海は、世間知らずだと恥《は》ずかしそうに言うけれど、傍に彼がいれば心配ないだろう。

春海と有原は五條の屋敷で匿《かくま》っていたけれど、滞在《たいざい》する日が長くなるにつれて心苦しくなってきたらしい。出て行くと言い出した春海に、咲夜は「身を寄せる当てはあるのか？」と眉を顰《ひそ》めた。

春海からの返事はなくて、嘆息《たんそく》した咲夜には、有原も春海も行く先などないと予想がついていたに違《ちが》いない。仮住まいと考えればいい、という前置きをして山の小屋の管理を頼みたいと言い出した。

二人は「これ以上お世話になるのは申し訳ない」と固辞しようとしたが、春日にとっても心配事を一気に解消できる名案だった。

身を寄せる当てのない有原と春海を、追い出すわけにはいかない。

そして、祖父母と暮らした大切な思い出がいっぱいの小屋だけでなく、大切な薬草畑も一緒《いっしょ》に有原と春海が管理してくれるのなら、ありがたいことだ。春日の熱心な説得に負けた春海と有原は、迷いを残しつつ「そうさせてください」と提案を受け入れてくれた。

咲夜の運転する車で、当面の生活物資と共に二人を送ってきたのだが、これまで見たこともないだろう古びた小屋を目にしても、春海が不安そうな顔をすることはなかった。

「遅《おそ》くならないうちに帰り着きたいので、僕たちはそろそろ行きます。困ったことがあれば、いつでも連絡《れんらく》してください。って……山を下りて郵便屋さんに行くまでが大変かもしれないけど、月に一度は僕たちも来ますし。必要な物があったら、遠慮《えんりょ》なく言ってくださいね」菜の花畑を見《み》渡《わた》すことのできる高台を下りながら、春海に話しかける。

春日の後について斜面《しゃめん》を下りる春海の足取りは、なんとも危なっかしい。ハラハラする春日をよそに、当の春海は尻《しり》もちをついても楽しそうに笑っている。

「なにもかも、ありがとうございました。住むところまで……」

春日と咲夜に頭を下げる春海は、生気がみなぎっているようだ。西園寺の屋敷で初めて見かけた際の、人形のような姿とはまるで別人だった。

西園寺の屋敷を離《はな》れた春海には、何不自由ない生活を手放す不安よりも、これから続く未来への希望だけが満ちている。春海に付き添《そ》うことを望んだ有原も、そんな春海を目にして嬉《うれ》しそうだ。

余計なことをしただろうかという春日の懸《け》念《ねん》も、日を追うごとに「春海を西園寺家から引き離して正解だった」と薄《うす》れていった。

「古い小屋なので雨漏《あまも》りをするところもあるし、冬は隙間《すきま》風《かぜ》が吹き込むし……近いうちに建て直したほうがいいかも。ね、咲夜」

同意を求めて、咲夜を見上げる。この小屋がいかに老朽《ろうきゅう》化しているか咲夜もよく知っているので、苦笑《くしょう》して春日に相槌《あいづち》を打った。

「そうだな。ずっと住むには不便だろうから、なんとかしよう。ただ、いつでも気が向いた時に出て行ってくれて構わない。山での暮らしは、慣れていなければ楽ではないだろう」

咲夜の気《き》遣《づか》いは、春日も考えていないわけではない。ひとまず身を隠《かく》すには適した土地だが、終《つい》の棲家《すみか》にはなり得ないと思う。

　春海はしばらく思案の表情を浮かべていたけれど、曖昧《あいまい》に首を捻《ひね》る。

「今は、こちらで十分です。先のことは、まだ考えられません」

「それもそうか。来月、また来る。それまでは、試《ため》しのつもりで暮らしてみればいい」

　先のことは、今の段階で決める必要はないという咲夜の言葉に、ホッとした顔でうなずいた。

　有原と春海に手を振《ふ》り、咲夜が車を停《と》めてある中腹まで山道を下りる。春日も咲夜も無言で、乗り込んだ車の中も静かだ。

　屋敷が近づくにつれ、本当にこれでよかったのかな……という疑問と不安が、今更《いまさら》ながら湧《わ》き上がってくる。

　いつもならなにかと話しかける春日が黙《だま》り込んでいるせいで、車内で一言も言葉を交《か》わすことなく五条の屋敷に帰り着いた。

　乗り込んで春日を取り戻《もど》した咲夜を面白《おもしろ》く思っていないはずの西園寺利春が、どんな行動を取るのか読めなくて、巻き込むことを避けたかった珠子には真田の屋敷に身を寄せてもらっている。

　朝までは四人がいた屋敷には人の気配がなく、見上げた窓は真っ暗だ。

「朝のスープの残りとパンもあるから、軽くお腹《なか》に入れる？」

「そうだな」

車を降りた咲夜がうなずいたのを確認《かくにん》して、玄関《げんかん》へと先回りする。鍵《かぎ》を開け、照明を灯《とも》しておいて咲夜を迎《むか》えた。

この屋敷で咲夜と二人だけになることなど滅多にないので、なんだか変な気分だ。

「往復の運転で疲《つか》れているだろうから、お風呂《ふろ》の準備もしておくね」

帰りだけでも、春日が運転を代われたらよかった。

庭木や壁《かべ》に車体をぶつけるのが怖《こわ》くて断ってばかりだったけれど、やはり運転を習っておいたほうがいいかもしれない。

これからも、咲夜の傍《そば》にいるのなら……と当然のように考えられたことが嬉しくて、胸の奥が甘く疼《うず》く。

「春日。風呂が先だ。おまえも俺も、足元が草だらけになっている」

「あっ、本当だ。廊下《ろうか》の掃除《そうじ》をしなきゃ」

山道を歩き、薬草の群生地を春海たちに案内して回ったせいだろう。咲夜に指摘《してき》されるまで、足元が汚《よご》れていることに気づかなかったことを反省する。

廊下に落ちている枯《か》れ葉《は》と草の実が目に留まり、屈《かが》んで拾い上げておいて、小走りで浴室に向かった。

□□□

入浴と軽食を済ませて、あたたかいお茶を飲み終えた頃《ころ》には、すっかり夜が更《ふ》けていた。

窓際《まどぎわ》に置いた長椅子《ながいす》に腰《こし》かけたままふと外に目を向けると、濃紺《のうこん》の夜空に浮《う》かぶ三日月が見える。

「春海さんと有原さん、不自由はないかな。ランプの油はたっぷり用意したつもりだけど、ここみたいに電気がないところで夜を過ごすのなんか初めてだろうし……」

この屋敷で共に過ごすうちに、春海とはすっかり打ち解けた。

穏やかな春海の傍は、心地《ここち》いい。他愛のないことを話しながら庭を散歩するのも、茶葉が多すぎたり少なすぎたりと、失敗しながらお茶を淹《い》れる練習につき合うのも楽しかった。

面立ちが似ていると言われているとはいえ、春海と春日が異母兄弟なのかどうか、本当のところはわからないままだ。それももう、今となってはどちらでも構わないと思っている。

「有原さんなら、井戸《いど》の水を汲《く》むのも」

「春日」

沈黙《ちんもく》が不安で、一人で話し続けていた春日の名前を咲夜が呼びかけてきた。ピタリと口を噤《つぐ》み、隣《となり》に座っている咲夜の顔を見上げる。

「あの二人の心配をするのもいいが、俺とは話さなくていいのか？」

春日を見る咲夜の瞳《ひとみ》は、あの日からやけに優《やさ》しい。すぐに頬《ほお》が熱くなって恥《は》ずかしいから、まともに目を合わせることができない。

「咲夜と、話す」

有原と春海が同じ屋敷《やしき》にいたことで、ゆっくりと話そうという雰囲気《ふんいき》にならなかった。

でも、時間が経《た》って冷静になったことで、咲夜と顔を合わせてもなにからどう話せばいいのか、わからなくなってしまった。

「これまでの勢いはどこへ行った」

春日がもじもじとしているせいか、咲夜はクッと低く笑う。

それは……咲夜の纏《まと》う空気が変わったから、戸惑《とまど》っているのだ。

子ども扱《あつか》いをして突《つ》き放そうとする咲夜には、「子どもじゃない」「こっちを見て」と詰《つ》め寄ることができた。咲夜の特別になることを、なによりも望んでいた。

受け入れられなかった頃は、無我夢中で咲夜を追いかけることができた。それが逆に、両手を広げて待ち構えられてしまうと、近寄り難《にく》くなってしまう。

春日の複雑な心情をよそに、咲夜は容赦《ようしゃ》なく逃《に》げ道を塞《ふさ》ごうとする。

「俺はもう、子ども扱いしないと言っただろう。ただ、春日がこれまで通りを望むのなら、そうするが」

「やだ」

反射的に、言葉が口から飛び出した。顔を上げて、咲夜と視線を絡《から》ませる。

春日を見る咲夜の目は、やはりこれまでとは異なる。真っ直《す》ぐで、言葉では言い表すことのできない熱量を感じられるものだ。

咲夜にとって、春日はもう『子ども』ではない。特別な存在として見てくれているのだと、伝わってくる。

嬉しい……と、心臓が忙《せわ》しなく脈打つ。

「咲夜が好き。僕は咲夜のお嫁《よめ》さんになれないし、咲夜をお嫁さんにすることもできないけど……ずっと一緒《いっしょ》にいてください」

今の春日は、咲夜と自分が婚姻《こんいん》を結ぶことはできないと知っている。それでも、どんな名前の関係でもいいから咲夜と一緒にいたいと、懇願《こんがん》する。

春日が差し出した右手を、咲夜は迷うことなく握《にぎ》り締《し》める。自然な仕草で口元に運び、春日の指先に口づけた。

「喜んで。ずっと傍にいると……誓《ちか》おう」

満開の菜の花の中、遠い日に交わした誓いの口づけが脳裏《のうり》に思い浮かぶ。

あの日も今も、咲夜に寄せる春日の想《おも》いは変わらない。

「口づけも、肌《はだ》に触《ふ》れるのも、全部……咲夜がいい。これまで、知らないことは咲夜が教えてくれた。これからも、咲夜だけがいい」

咲夜は、春日の道標だ。

知らないことは咲夜から習いたいし、咲夜が教えてくれることはなにもかも信じられる。

上手《うま》く言葉にはできないけれど、真っ直ぐに咲夜を見詰《みつ》める目で伝える。

「……あの不快なあだ名どおりになるみたいで、複雑な気分だな」

目を細めてぽつりとつぶやいた咲夜は、スッと視線を逃がしてしまい……なにか悪いことを言ってしまったかと不安になった。その不安が膨《ふく》れ上がり、破裂《はれつ》しそうになる前に春日と視線を絡ませる。

「仕方ないか。諦《あきら》めて、受け入れることにしよう。母親には怒られそうだが、おまえが可愛《かわい》すぎるからだと、わかってもらえるだろ」

独り言の響《ひび》きで零《こぼ》し、吐《と》息《いき》をついて苦笑《くしょう》する。改めて春日と視線を絡ませると、手を握ったまま唇《くちびる》を触れ合わせてきた。

あたたかくて、優しくて……胸の奥が熱くなる。

春日は咲夜との口づけしか知らないけれど、誰《だれ》と触れ合っても絶対にこれほど幸せな気分にはなれない。

咲夜だから……咲夜だけだ。

もっとくっつきたくなり、咲夜の背中に腕を回して抱《だ》きつくと、耳元で苦いものを含《ふく》んだ声が聞こえてきた。

「っ……と、移動するか。嫌《いや》なら、今ここで逃げろよ。俺の寝台《しんだい》に連れ込んだら、もう逃がさないからな」

それは、春日が逃げ出すことを望むかのような脅《おど》し文句だったから、しがみつく手に力を込める。

「逃げない。咲夜のすることで、嫌だと思ったことは一度もない。これからも、どんなことでも嫌だなんて言わない」

春日の言葉に、咲夜はなにも返してこない。絶対にこの手を離《はな》さないからと、思いを込めて広い背中にしがみつく。

長い沈黙が続き、咲夜の手がようやく春日の背中に回された……直後、密着した身体《からだ》を抱き上げられた。

明かりを落とした咲夜の寝室は、春日の知っている部屋とは別の空間になってしまったみたいだ。

部屋の空気だけでなく、咲夜の纏う雰囲気までいつもと違《ちが》う。

「これは？　こうして触《さわ》っても……嫌じゃないか？」

春日を気遣《きづか》う咲夜の声が、優しい。

優しくて……何故《なぜ》か、恥ずかしくて堪《たま》らない。

春日が身を竦《すく》めるせいか、時おり手の動きを止めて拒《こば》んでいないかと確かめてくる。

「い、嫌じゃな……い。ッ、……ん」

咲夜の指が、どんなふうに春日の肌に触れているのか……目を閉じているせいで、確かめることはできない。

ただ、一つ。嫌ではないということだけは、断言できる。

身体だけでなく、吐《は》く息も熱くて喉《のど》がヒリヒリしていて、うまく声が出ない。ただひたすら、肌の感覚を追いかけるだけになる。

「咲夜の手、指……気持ち、い……」

いろんな感覚があやふやでも、咲夜に触れられるところはすべてが気持ちよくて、身体中がとろとろに溶《と》けていくみたいだ。

時おり聞こえてくる濡《ぬ》れた音が、溶け出した春日の一部ではないかと怖《こわ》くなるほど、咲夜の手は心地いい。

「ここ……自分で、できなかったって？」

熱を帯びた屹立《きつりつ》に指を絡ませられると、ビクッと脚《あし》を震《ふる》わせた。またどこかが溶けたのか、濡れた音が聞こえてくる。

「春日」

名前を呼ぶことで答えるよう促《うなが》されて、ぼんやりとした頭を必死で働かせる。

なにを問われた？

……自分で、できなかったか、と？

「できな……い。咲夜じゃないと、駄目《だめ》。咲夜が、いい」

できない。正しくは、したいとも思えなかった。

咲夜に触れられた時は、頭が真っ白になって全身の血が沸騰《ふっとう》したように身体が熱くなり、呆《あっ》気《け》なく熱を吐き出してしまったのに……。

咲夜だけだとうわ言のように繰《く》り返すと、咲夜の声が少し低くなった。

「触るのが、ここだけじゃなくても？」

「ぁ、い……い」

屹立を包んでいた指が、足の奥へと滑《すべ》り落ちる。よくわからないうちに後孔《こうこう》に指を埋《うず》められ、息を呑《の》んだ。

「指だけで済まない。……怖いだろ」

「平……気。咲夜、だから……っ」

それは未知の感覚だったけれど、咲夜に触れられるのなら、どんなことでも快楽に変換《へんかん》できるのだと改めて知った。

咲夜に、触れられている。

素肌《すはだ》を密着させて、咲夜の体温を感じて……咲夜の目に、見詰められて。

今、寝台には二人きりで、春日が咲夜を独占《どくせん》している。そう実感したと同時に、肌がざわざわと騒《さわ》ぐ。

「全部、気持ちい……。どうしよ……溶ける」

咲夜、と両手を伸《の》ばして首に巻きつける。指先が耳に触れ、無意識に獣毛《じゅうもう》をくすぐった。

もっともっとくっつきたくて、喉がカラカラに渇《かわ》く。こんなに欲張りだったのかと、自分でも怖くなるくらいだ。

「春日……っ、食い尽《つ》くしたくなるな」

甘くかすれた声で、名前を呼ばれる。薄《うす》く目を開くと、至近距離《きょり》で咲夜と視線が絡んだ。

熱っぽく潤《うる》んだ淡《あわ》い色の瞳《ひとみ》が、金色に輝《かがや》いているみたいで綺麗《きれい》だ。

まるで、獲物《えもの》を仕留めようと狙《ねら》いを定めた、肉食獣のようで……。

「いい、よ。咲夜……ぁ！」

食べられてしまいたい、と咲夜の耳に齧《かじ》りついて、艶《つや》やかな尻尾《しっぽ》を手の中に握る。咲夜が本物の獣《けもの》なら、食べられてしまうこともできるのに……。

そう思った次の瞬間《しゅんかん》、身体の奥にあった咲夜の指が引き抜《ぬ》かれた。ふっと息をつく間もなく、指よりずっと質量のある熱の塊《かたまり》が埋められる。

「あ……っ、ン……んっ」

衝撃《しょうげき》の大きさに声も出なくて、喉の奥で息まで詰まっているみたいで……苦しい。

ビクッと軽く跳《は》ね上がった身体を、逃《に》がさないと言わんばかりに寝台へと押しつけられた。

「ッ……春日」

密着した肌も熱くて、身体の奥にある塊も熱くて……春日を呼ぶ咲夜の声も、熱っぽい。

耳の奥でドクドクと激しい脈動が響き、自分がどうなっているのかわからない。

「怖がらせてる、って……わかってるのに」

咲夜の声が苦しそうで、ぎこちなく首を横に振《ふ》る。

きちんと「そうじゃない」と言いたいのに、喉の奥になにかが詰まっているみたいで声が出ない。

「怖く、な……っん、咲夜ぁ」

下肢《かし》の感覚は、ほとんどない。きっと、純粋《じゅんすい》な快楽かと問われればそうとも言い切れない。

それでも、密着した胸元《むなもと》から咲夜の鼓動《こどう》が伝わってくる。なにもかも咲夜に与《あた》えられているのだと感じられるから、怖くない。

春日は、快楽でも苦痛であっても、咲夜に与えられるものならすべてを心地いいものとして享受《きょうじゅ》する。

「咲夜、……き。好き」

目を閉じていても、こうして抱《だ》き締《し》められていると咲夜の存在を全身で感じられるから怖くない。

そう言いたいのに、今の春日は咲夜へ想《おも》いを伝えることしかできなくてもどかしい。

「ず、っと、咲夜だけ。咲……夜、ッ……ぁ、咲夜が、好き」

「ん、春日……身も心も愛も、俺のすべてはおまえのものだ」

咲夜の声が遠い。

ぼんやりとした頭では、咲夜の言葉をきちんと捉《とら》えることができなくて……他に言葉を知らないかのように、咲夜が好きと繰り返した。


炎《ほのお》の嵐《あらし》に巻き込まれたような時間が過ぎ、激しかった脈拍《みゃくはく》が徐々《じょじょ》に落ち着くのを感じる。

「大丈夫《だいじょうぶ》か？」

「ん……手も、足も……ある」

「手も足も、ある？　まぁ……大丈夫そうならいい」

咲夜は怪訝《けげん》そうだけれど、春日は自分の手を顔の前に翳《かざ》して小さく息をつく。

咲夜に触《さわ》られて溶《と》け出していた身体は、今もきちんと形を保っているみたいでホッとした。

「俺のものにしちまったなぁ」

つぶやいた咲夜がなにを思っているのか、声からは読み解くことができない。

後悔《こうかい》していたら、……尻尾を噛《か》んでやると唇《くちびる》を尖《とが》らせて言い返した。

「僕は、ずっと咲夜しか見てない。咲夜のものになりたかった。咲夜が、本気にしてくれなかっただけ」

「ああ……そうだな。嫁《よめ》になってくれって、求婚《きゅうこん》されたもんな」

幼い春日の不器用な求婚を思い出したのか、背後の咲夜がククッと小さく肩《かた》を震わせたのが伝わってくる。

「あれも、本気だったよ」

「そうだな。可愛《かわい》かった。……おまえの母親に託《たく》された時、俺がおまえを護《まも》ると誓《ちか》ったことを思い出した。おまえのためなら、手放したほうがいいかとも思ったこともある。でも……もう、絶対に離《はな》さない」

ぽつりと口にすると、春日を抱《だ》く咲夜の腕《うで》の力が強くなる。

絶対に離さないと言い切ってくれたことが嬉《うれ》しくて、胸元にある咲夜の腕をギュッと握《にぎ》った。

「咲夜の傍《そば》がいい。咲夜の傍にいる。もう、どこにもやらないで」

背中から春日を抱き込んでいる咲夜の腕の中は、ありとあらゆるものから護ってくれているみたいだ。

「そういえば、母親の帯留めはどうした？」

ふと、思い浮《う》かんだのだろう。

なんの前置きもなく尋《たず》ねられて、帯留めの存在などすっかり頭から追い出していた春日は、首を捻《ひね》る。

「あ……西園寺の屋敷《やしき》に、置いてきたのかな。でも、もういいや。僕が持っていても、役に立たないものだったし」

顔も憶《おぼ》えていない母親と唯一繋《ゆいいつつな》がるものだったけれど、今となっては手元になくてもどうでもいい……と言ってしまえば、冷たいだろうか。

でも、春日にとっては、咲夜と共にいられる今が大事なのだ。

「その代わりにはならないだろうが……伴侶《はんりょ》の証《あかし》として、目に見えるものが欲しいか？　なにがいい？」

春日の身体《からだ》に巻き付く咲夜の腕に、また少しだけ力が増した。

伴侶である証として揃《そろ》いの装飾《そうしょく》品を身に着ける人がいることは、春日も知っている。

ただ、なにが欲しいかと問われれば困惑《こんわく》するばかりだ。

「急に言われても、思いつかない。なにもいらない……けど、そうだ。小さい頃《ころ》、咲夜みたいな耳と尻尾《しっぽ》が欲しかったことを思い出した」

欲しいものと言われて春日が一番に思い浮かべるのは、豪奢《ごうしゃ》な咲夜の耳と尻尾だ。

黒い毛に覆《おお》われた耳と尻尾は、極上《ごくじょう》の手触りで……どんな混合種のものより、綺麗で格好いい。

「それは、いくら欲しがられてもやれないものだな。好きな時に、好きなだけ触らせてやる……というので、どうだ」

嬉々《きき》として言い返すと、咲夜の声には困惑の色が滲《にじ》んだ。

「それが一番嬉しい！」

早速《さっそく》……と、体の前に回された咲夜の尻尾を、そっと撫《な》でる。

艶々の黒い被毛《ひもう》は、高価な絨毯《じゅうたん》よりも触り心地がいい。真っ黒……だと思っていたけれど、少しだけ模様があるように見えるのは、どうしてだろう？

「咲夜、尻尾って……真っ黒じゃない？」

「ああ。光の当たり具合で、模様が浮かぶんだ。俺は、ネコ科じゃなくて黒豹《くろひょう》族だからな。国内にいるのは俺が最後で、滅《ほろ》びに向かう種族だ。純獣《じゅんじゅう》も目にすることはないだろうが、猫よりずっと大きい、猛獣《もうじゅう》だ。本当に食われるかもしれないぞ」

豹……というものがどんな獣か、春日にはわからない。猫よりずっと大きいと言われても、どれくらい『ずっと』なのか不明だ。

たとえ猛獣であったとしても、答えは決まっている。

「咲夜に食べられるなら、いいよ。僕の全部、咲夜のものだから。最後？　でも、僕が、どんな形でも一緒《いっしょ》にいるから……淋《さび》しくない」

「……馬鹿《ばか》が」

春日を抱き締める咲夜の腕が、苦しいほど力強くなった。馬鹿と言われてしまったけれど、優《やさ》しい響《ひび》きだったからそれも嬉しい。

残念なのは……後ろから抱き込まれているせいで、咲夜の顔を見られないことだけだ。

届かない唇の代わりに咲夜の尻尾の先に口づけて、どんな咲夜でも好きは変わらないのだと伝えた。

あとがき

こんにちは、または初めまして。真崎《まさき》ひかると申します。この度は、『もふもふ黒豹男爵《くろひようだんしやく》の慈《じ》愛花嫁《あいはなよめ》』をお手に取ってくださり、ありがとうございました！

今回のもふもふ担当は攻めの咲夜《さくや》ですが、黒豹は……あまり『もふっ』としていない？　と、タイトルに偽り有りかもしれません。猫科大型猛獣の尻尾は、とても綺麗だと思いますが……。

そんな咲夜を、とっても美形で格好よく、ただひたすら咲夜を「好き好き」と追いかけていた春日《かすが》を可愛く描いてくださった、明神《みようじん》　翼《つばさ》先生。今回も、本当にありがとうございました。カバーのちびっ子二人が、恐ろしく愛らしいです。明神先生の描いてくださる子たちは皆がすごく魅力的で、次はどんな『もふ』にしようかわくわくします。

担当K様には、またしても災難レベルのご迷惑とお手数をおかけしまして……申し訳ございません。ありがとうございました。荒ぶる原稿を提出して、心底恥ずかしいです。次こそ、心身に優しい進行を心がけます。

ここまでお付き合いくださり、ありがとうございました。まだまだ落ち着かない日々が続いていますが、ちょっぴりでも楽しんでいただけると幸いです。また、お逢いできますように！

二〇二一年　今春の桜の開花は早そうです　真崎ひかる

R
KADOKAWA
RUBY BUNKO

もふもふ黒豹《くろひょう》男爵《だんしゃく》の慈愛《じあい》花嫁《はなよめ》
真崎《まさき》ひかる

角川ルビー文庫　22622

2021年4月1日　初版発行

発行者——青柳昌行
発　行——株式会社KADOKAWA
〒102-8177　東京都千代田区富士見2-13-3
電話 0570-002-301（ナビダイヤル）
印刷所——株式会社暁印刷
製本所——株式会社ビルディング・ブックセンター
装幀者——鈴木洋介

ISBN978-4-04-111303-5　C0193　定価はカバーに表示してあります。

◇◇◇